少年陰陽師

数多《あまた》のおそれをぬぐい去れ

結城光流

15015

角川ビーンズ文庫

少年陰陽師

数《あま》多《た》のおそれをぬぐい去れ

登場人物紹介

彰子（あきこ）
左大臣道長の一の姫。強い霊力をもつ。わけあって、安倍家に半永久的に滞在中。

もっくん（物の怪）
昌浩の良き相棒。カワイイ顔して、口は悪いし態度もデカイ。窮地に陥ると本性を現す。

昌浩（安倍昌浩）
十四歳の半人前陰陽師。父は安倍吉昌、母は露樹。キライな言葉は「あの晴明の孫!?」。

六合（りくごう）
十二神将のひとり。寡黙な木将。

紅蓮（ぐれん）
十二神将のひとり、騰蛇。『もっくん』に変化し昌浩につく。

じい様（安倍晴明）
大陰陽師。離魂の術で二十代の姿をとることも。

朱雀（すざく）
十二神将のひとり。
天一の恋人。

天一（てんいつ）
十二神将のひとり。
愛称は天貴。

勾陣（こうちん）
十二神将のひとり。
紅蓮につぐ通力をもつ。

太陰（たいいん）
十二神将のひとり。風将。
口も気も強い。

玄武（げんぶ）
十二神将のひとり。
一見、冷静沈着な水将。

青龍（せいりゅう）
十二神将のひとり。
昔から紅蓮を敵視している。

太裳（たいじょう）
十二神将のひとり。穏やかな口調と風貌の持ち主。

白虎（びゃっこ）
十二神将のひとり。精悍な風将。

風音（かざね）
道反大神の娘。以前は晴明を狙っていたが、今は昌浩達に協力。

藤原行成
（ふじわらのゆきなり）
右大弁と蔵人頭を兼ねる。昌浩の加冠役。

安倍成親
（あべのなりちか）
昌浩の長兄。暦博士。

藤原敏次
（ふじわらのとしつぐ）
昌浩の先輩陰陽生。

イラスト／あさぎ桜

この命そのものが罪だと、知っている。
ならば、ひとつふたつ増えたとて、いまさら何も変わるまい。

1

葉月の半ばにもなると、陽《ひ》が昇《のぼ》る時刻も少しずつ遅《おそ》くなってくる。

暁降《あかときくた》ちの空を見上げて、十二神将天一《じゅうにしんしょうてんいつ》は瞬《まばた》きをした。

東の山際《やまぎわ》は、じわじわと紫《むらさき》に転じている。

秋の盛りだ。葉の色も赤や黄色に変わりつつあり、吹《ふ》き渡《わた》る風も、心地《ここち》よさより肌寒《はだざむ》さを感じさせるようになってきた。

彼女ら十二神将とて、寒暖を感じる。しかし、人間ほど影響《えいきょう》を受けるほどのものでもないので、季節の移ろいを実感する程度だ。

だが、人間だった巫女《みこ》の血を引いている彼女は、半人半神の身だ。風や水の冷たさは、相当応《こた》えるだろう。

ついと視線をおろし、天一は眉根《まゆね》を寄せた。

ここは、道反《ちがえし》の聖域から離《はな》れた、意宇郡《おうのこおり》のはずれにある山中だ。

まだ漆黒《しっこく》の闇《やみ》が世界を支配していた頃《ころ》、聖域を出た。

天一の前には小さな滝《たき》があり、足元には細波《さざなみ》が打ち寄せている。

日を追うごとに気温は低くなり、今朝はこの秋一番の冷え込みだろう。

三丈《じょう》ほどの高さから落ちてくる水を、一心不乱に受けている人影《ひとかげ》がある。

道反大神《おおかみ》と道反の巫女の娘《むすめ》である風音《かざね》だ。胸の前で手を合わせて、およそ半刻、滝に打たれていた。水音で聞こえないが、ずっと何かを唱えている。精神統一のための神呪《しんじゅ》か、祓詞《はらえことば》だろうか。

夜明けの風は、夜中のものより冷たい。先ほど水に手を入れてみたところ、予想以上に冷たく、驚《おどろ》いた。

この地は人間の気配をまったく感じさせない。山深く分け入った場所にあり、清冽《せいれつ》な大気が満ちていた。

自然にできた聖域だということだった。確かに、姿の見えない自然の精霊《せいれい》たちの気配を、天一はずっと感じている。

単《ひとえ》一枚で滝に打たれている風音の肌《はだ》は、遠目に見ても色を失っていた。

そろそろ体の芯《しん》まで冷え切っていることだろう。いくら半人半神とはいえ、これ以上の行《ぎょう》は体に負担がかかるのではあるまいか。

声をかけようと口を開きかけたが、水音以外何も聞こえない山の空気がそれをためらわせる。

「……ここまでの禊《みそぎ》をしなければならないなんて…」

端整《たんせい》な面差《おもざ》しに憂《うれ》いをのせて、天一はそっと息を吐《は》き出した。

道反の聖域が九流《くりゅう》族の襲撃《しゅうげき》を受けてから、ひと月あまりが過ぎた。

瘴気《しょうき》の雲から降り注いだ雨に穢《けが》された大地が、本来の姿を取り戻《もど》すまで、そのうちの半分の日数がかかった。

半月程度でほぼ元通りになれたのには、姿を見せない土地の比古神《ひこがみ》たちに負うところが大きかっただろう。

人界が元に戻った辺りから、風音は毎朝、この滝を訪《おとず》れて禊をするようになった。

道反の聖域は、人界とは時の流れ方が異なっている。彼女はその差を的確に読み、人界が夜闇に覆《おお》われている間に聖域を出て、空が完全に明るくなる頃、すっかり冷え切って戻ってくるのだ。

六合《りくごう》は最初から知っていたようなのだが、風音に口止めをされていたらしい。

風音と六合の不在に気づいた天一と勾陣《こうちん》が理由を尋《たず》ねたところ、滝で禊をしているのだと、ようやく話してくれた。

その際、道反の巫女と守護妖《しゅごよう》たちには黙《だま》っていてほしいと頼《たの》まれた。

それからは、六合に代わって天一が禊の場に同行している。六合は途中《とちゅう》までともにいるのだが、水音が聞こえた辺りで足を止め、その場で風音たちが戻ってくるのをいつも待っている。

天一と勾陣が気づく前から、どうやらそれは変わっていないらしい。

そばにいると禊の最中《さなか》に気が散るだろうと心を配っているのかもしれないし、何者かが水場に近づくのを阻《はば》むためかもしれない。もしかしたらほかの理由があるのかもしれないが、天一はあまり追及しないことにしていた。

雨続きだったため、通常よりも滝の水量は増している。それは、滝を形作る岩の削《けず》れ具合から見て取れた。水勢も強いだろう。気を張って、力を入れてまっすぐの姿勢を保っていなければ、首を痛めてしまいそうだ。

人間が禊をするのは、必要のないものをすべて削《そ》ぎ落とし、霊気や神気を取り込むためだ。禊の語源は「身削ぎ」とも「霊注《ひそそ》ぎ」ともいう。

背後に気配が降り立つ。天一は静かに振《ふ》り返った。

同胞《どうほう》である十二神将勾陣が顕現《けんげん》していた。

「勾陣、何か…」

首を傾《かたむ》けて目を細める天一に、勾陣は軽く笑って答えた。

「風音の姿がないことに、守護妖たちがついに気づいたよ。大騒《おおさわ》ぎをして捜《さが》し回っていたから、禊の件だけ話しておいた。こちらにも一応報《しら》せたほうがいいと思ってね」

「まぁ…」

瞬きをして、天一は滝を顧《かえり》みた。風音が出てくる気配はまだない。

同胞の隣《となり》に並び、勾陣は腕《うで》を組んだ。

滝壺《たきつぼ》は深い。風音は、滝の裏側から突《つ》き出るような形をした岩の上に立っているのだ。

濡《ぬ》れた岩は滑《すべ》りやすいだろうと思われる。それに。

片膝《かたひざ》を折って水に手をひたし、勾陣は軽く嘆息《たんそく》する。

「かなり冷たいな。これを毎日受けているのか」

「ええ。それでも、まだ足りないのだと、仰《おっしゃ》って……」

水にひたした右手のひらを見下ろして、勾陣は目を細めた。

風音の覚醒《かくせい》は、本当だったらずっと先だったのだという。九流族との戦いがなければ、向こう数年、へたをすれば数十年、あの聖域の、青い屋根の宮で眠《ねむ》りつづけているはずだったのだ、と。一度目覚めてしまった以上、歯車は動き彼女はこのまま時を刻んでいくしかない。

風音の力は強い。その力を使いこなすためには、宿体も万全《ばんぜん》でなければならなかった。しかし、瀕死《ひんし》の傷を二度も負った宿体は、魂《たましい》とのひずみを持ってしまった。

これは、ひずみを正すための禊だ。「身削ぎ」ではなく「霊注ぎ」として、彼女は己《おの》れを限界に追いやっている。

ぎりぎりのところまで追い詰《つ》めて、宿体が持っている生命力と再生力を呼び起こし、得られなかった『時の癒《いや》し』の代わりにするつもりなのだ。

水の中に時折見える白い面差しに目をやりながら、勾陣は口を開いた。

「……知っているか、天一」

「何をですか？」

瞬きをする天一に、勾陣はふいにくすりと笑った。

「この間水鏡《みずかがみ》で、玄武《げんぶ》と久方ぶりに話をしたんだが、面白い話を聞いた」

「面白い、とは……？」

道反に来る前に、気落ちして沈《しず》んでいた同胞の横顔を思い出す。天一はひと月ほど顔を見ていないが、ごくたまに水鏡で話をする朱雀《すざく》によれば、少しずつ元気を取り戻している様子だということだった。

天一は道反の巫女や風音とともに過ごすことが多いため、玄武が置いていった水鏡で、都にいる晴明《せいめい》や朱雀と話すことは稀《まれ》だ。それに対し、もともと静養が目的であり、これといった役目もない勾陣は、気が向くと鏡越《ご》しに物の怪となにやら話していることが多い。

用事があって話をしているというよりは、その日の都の様子だの、道反の様子だの、昌浩《まさひろ》が今日はこうだった、晴明が今日はああだった、という何気ない日々の報告をしあっているようだ。その中には天一や六合、風音や道反の守護妖たちのことも含《ふく》まれているのだろう。

「春に、私や螣蛇たちが先に都に戻って、玄武と六合が道反に使者として赴《おもむ》き、別行動になったことがあったんだが」

天一は頷《うなず》いた。その折のことは、彼女もよく覚えている。

あれからまだ半年程度しか経《た》っていないのが嘘《うそ》のようだ。色々なことがありすぎて、もう何年も経ってしまったような気がする。だがそれでも、神将である彼女の感覚からすれば、大した時間ではないのだが。

「確か、昌浩様のために、晴明様が道反大神に出雲《いずも》石を乞《こ》うて、それを受け取りに行ったのでしたね」

「そう。その際に、風音が眠っていた宮を、遠目に見たらしいんだが」

――あれは、我らが姫《ひめ》の育った宮。……いまは、静かに眠っておられる
大百足《おおむかで》の言葉を受けて、玄武は瞠目《どうもく》したのだという。

ではあれは、殯《もがり》の宮か、と。

百足は答えなかったそうだ。それを玄武は、そのまま肯定《こうてい》だと受け取った。のだが。

つい先日、玄武は水鏡の前にちょこんと端座《たんざ》して、あまり感情を見せない彼には珍《めずら》しく、憤《ふん》然《ぜん》としながら語ったのだ。

『我の言に対して、大百足は否《いな》とは答えなかった。にもかかわらず、風音は死んだわけではなく、ただ眠っていただけだというではないか。いくら我や六合が部外者であるとはいえ、偽《いつわ》りを告げるのはいかがなものか』

それを聞いた勾陣は、なるほど、玄武の言い分にも一理ある、と考えた。

ところが、昨日聖域でたまたま行きあった大百足にそれを伝えたところ、かの守護妖はしれっと言ってのけたのである。

「百足殿《どの》は、いったいなんと…？」

天一を仰いで、勾陣は答えた。

「曰《いわ》く。『殯の宮だと答えた覚えはない』そうだ」

「……ああ。そういうことでしたら、確かに」

静かに眠っておられる、と百足は言った。それに対して玄武が『殯の宮』だと勝手に勘違《かんちが》いをし、百足は否定しなかった。が、肯定もしなかった。それだけの話。

「玄武に答えなかった、というよりも、六合に聞かせたくなかったのではないかと、私は推察している」

立ち上がる勾陣に、天一が苦笑《くしよう》を向けた。

「おそらくそうなのでしょうね。私も勾陣と同じ意見です」

「だろう？」

面白そうに笑い、勾陣はそのまま滝《たき》に目を投じる。

「……あれは、何を考えているんだ？」

「私には、わかりかねます。ですが…」

ついと視線を滑らせて、天一は薄《うす》く微笑《びしよう》した。

今日の禊《みそぎ》はいつもより時間がかかっている。案じたのだろう、木立の狭間《はざま》に、いつもはここまで来ない六合の姿が見えた。

へたをすれば、都の初冬に吹《ふ》く風もかくやという冷たい空気が、木立を揺《ゆ》らしている。だいぶ明るくなった。じきに朝日が昇《のぼ》るだろう。

天一と同様気づいていた勾陣が、顔だけを同胞へ向けた。

「どうした六合、お前がここまで足を運んでくるとは珍しいな」

六合の瞳《ひとみ》が動いた。天一と勾陣はおや、という顔をした。なんだろう、何かこう、疲労《ひろう》の色が見えたような。

「何かあったのですか？」

自分より長身の同胞を見上げる天一に、寡黙《かもく》な男は言葉少なに答えた。

「……鬼《かい》が、捜しにきた」

「……なるほど」

それだけで諒解《りようかい》できる勾陣である。天一も納得《なつとく》した様子で、微苦笑《びくしよう》を浮《う》かべている。

漆黒《しつこく》の小さな鴉《からす》のことだ。禊をされているならば致《いた》し方ないが、ならばなぜ貴様が姫のおそば近くにおらんのだ、もし万が一の折にはその身を盾《たて》にして姫をお守りするくらいの気概《きがい》を見せよ、とかなんとか吠《ほ》え立てたに違《ちが》いない。

六合の表情に僅《わず》かに見える疲労の色で、容易に想像がつく。

ふいに、水音が乱れた。

三対の目が滝に向けられる。次いで、夜色の霊布が翻《ひるがえ》った。

濡れるのも構わずに滝に飛び込んだ六合は、岩にくずおれた風音を水からかばうようにしながら抱《だ》き上げる。濡れて肌《はだ》にはりついた単《ひとえ》からしたたる水は、凍《こお》る寸前の冷たさだ。血の気をまるでなくした頬《ほお》も首筋もぬくもりを完全に奪《うば》われて、胸元《むなもと》がかすかに上下していなければ、死人《しびと》と見紛《みまが》うほどだった。

勾陣たちの許に戻った六合が風音を下ろそうとしたとき、彼女はのろのろと瞼《まぶた》を開けた。

「…あ……、ごめんなさい…」

ほんの少しだけ驚《おどろ》いたようだったが、すぐに自分の状況《じょうきょう》を把握《はあく》したらしく、大丈夫《だいじょうぶ》だというそぶりを見せて立ち上がる。細い肢体《したい》が僅かによろめいたのを、六合が咄嗟《とっさ》に支えた。

「そろそろ戻《もど》りましょう。守護妖《しゅごよう》殿らが、御身《おんみ》を案じておられるようです」

天一の台詞《せりふ》で察した風音は、血の気のない面差《おもざ》しで困ったように笑った。

「そうなると思ったから、黙《だま》っていたんだけど……。でも、もういいわ。今日で済んだようだから」

自分のことのはずなのに、風音はそんな言い方をした。

不思議そうに首を傾《かたむ》ける天一同様、勾陣や六合も訝《いぶか》ったのだろう。勾陣が口を開いた。

「どういう意味だ？」

濡れて額にはりつく髪《かみ》を払《はら》いながら、風音は言葉を選んでいるようだった。

「私であって私でない者がここにいるのよ。誰もが持っている、自分の中の神と呼ぶのが一番近いのかもしれない。それは、私よりも私のことを知っていて、それがもう済んだと教えてくれたの」

そう言って、風音は何気ない仕草で両腕《りょううで》を抱くようにした。それまで冷たさで麻痺《まひ》していた感覚が甦《よみがえ》って、寒さを感じるようになったのだろう。

「ずっと付き合ってくれてありがとう、天一」

「いえ…」

天一はたおやかに一礼した。

水を吸った単は冷たく重い。風音は通力で、単と髪の水気をすべて吹き飛ばした。薄い単だけでは寒いだろうが、彼女は大して応《こた》えていないように見えた。

「寒くはないのか？」

六合が尋《たず》ねると、風音は首を振《ふ》る。そうして、彼の気遣《きづか》いに喜色を見せた。

「大丈夫。私、寒さには強いの。父様の血を引いているからかしら」

人間の娘《むすめ》であり、神の子でもある彼女は、そんな屈託《くったく》のない笑《え》みを最近ようやく見せられるようになっていた。

時間は確実に彼女の心を癒《いや》している。それには、この寡黙な同胞《どうほう》の存在も大きいのだろう。

風音の変化をずっと見ていた勾陣は、そう考えた。

そんな彼女も、本来の目的だったまともな静養をしていたおかげで、神気はほぼ回復している。そろそろ帰京する頃合《ころあ》いだろう。

水鏡《みずかがみ》で話してはいるが、じかに顔を合わせたほうがやはりいい。天一とて、朱雀に早く会いたいだろう。

都にいる面差しを幾《いく》つか思い出し、勾陣は薄く笑った。

◆　◆　◆

仕立てたばかりの衣《ころも》を手に、廊《ろう》を進んでいた彰子《あきこ》は、北向きの窓に何気なく目を向けた。

しとしとと雨が降っている。葉月に入る少し前から、連日の雨だ。

雨がやんでも空はどんよりと曇《くも》っていて、そういえばここのところずっと、太陽を見ていないのだ。

いつになったらやんでくれるのだろうと考えて空を仰《あお》いだ彰子は、屋根の上に長身の人影《ひとかげ》を見つけた。

足を止めて瞬《まばた》きをする。

「朱雀…？」

十二神将のひとり朱雀が、雨に濡《ぬ》れるのも構わず、屋根の上に立って、空の彼方《かなた》を見はるかしている。

あちらは西の方角だ。

彼と同じほうを見て、彰子は気がついた。

彼の視線の先にあるのは、遥《はる》か西国、出雲《いずも》国だ。

天一や勾陣、六合が出雲に滞在《たいざい》するようになってから、もうひと月が過ぎている。

思いを馳《は》せている姿を見るのは、ほんの少し切ない。ごくたまに水鏡で天一と言葉を交《か》わしているようだが、それだけではやはり寂《さび》しいのだろう。

近くにいないと寂しい。

その気持ちを、彰子も知っている。今年の春半ばから三ヶ月、昌浩は不在だった。

それに、夏の終わり頃《ごろ》には、自分もこの邸《やしき》から離《はな》れていた。

暮らすようになってからまだ一年も経《た》っていないが、ここが彰子の帰る場所だ。

馴染《なじ》んだ空気が自分を包み込んでくれているような気がして、ほっとするのだ。

「あれ、彰子。どうしたの、そんなところで」

呼び声に振り返ると、大内裏《だいだいり》から退出してきた昌浩が目を丸くしていた。その足元には、白

い物の怪《もののけ》もいる。

「お帰りなさい、昌浩、もっくん」

微笑《ほほえ》む彰子の手から、昌浩は衣を取り上げようとする。彼女はすいと手を動かしてそれをよけた。

「いい。このまま持っていくから」

「だって、俺のだろ？」

「そうだけど、ちゃんとしまうから大丈夫」

「いや、そういうことじゃなくて…」

微笑ましいやりとりをしているふたりをのんびり眺《なが》めていた物の怪は、直立して昌浩の脇腹《わきばら》を小突《こづ》いた。

「ん？　なんだよ、もっくん」

怪訝《けげん》そうな昌浩に、物の怪は目をすがめる。

「昌浩、言葉がひとつ抜《ぬ》けてる」

「え？　……えー、あー、ああ！」

彰子に向き直り、昌浩は言った。

「ただいま、彰子」

先ほどのお帰りなさいに対して、応《こた》えていなかった。満足そうに頷《うなず》いて、物の怪も彰子を見あげる。

「そうそう。ただいまは必要だ。な」

彰子は嬉《うれ》しそうに笑った。

◆　◆　◆

雨が降っている。

もう何日雨なのか、よく覚えていない。

雨のせいなのか、今日は陽《ひ》が暮れるのが早かった。すぐに暗くなってしまったから、早々に茵《しとね》にもぐりこんだ。

そうしないと、息が詰《つ》まりそうだった。

夜は怖《こわ》い。秋も半ばだ。これからどんどん夜が長くなっていく。

夜をひとりきりで過ごすことには慣れているが、それでも怖いことに変わりはない。

袿《うちぎ》を頭までかぶって、ぎゅっと目を閉じて、呼吸を数える。そうしている間に眠《ねむ》りに引き込まれて、目が覚めればもう朝だ。だから、早く眠ってしまえばいい。眠ったまま、一度も目を覚まさないで夜が明ければいい。

毎晩そう思っているのに、中々寝《ね》つけない。眠っても、真夜中に必ず目を覚ます。

今日こそは、朝まで目を覚ましませんように。

そう願いながら目をつぶったのに、やはりだめだった。

半蔀《はじとみ》が少しだけ上がって、外に吊《つ》るされた燈籠《とうろう》の灯りが射《さ》しこんでくる。まったくの闇《やみ》では
ないが、眠りを邪魔《じゃま》するほど強いわけでもない。

ごそごそと身を起こして帳台から顔を覗《のぞ》かせ、室内をゆっくりと見回す。几帳《きちょう》や壁代《かべしろ》の向こ
うにも、誰もいないようだった。

そうっと帳台を出て、簀子《すのこ》に出る妻戸《つまど》を開ける。途端《とたん》に、雨の気配が室内に流れ込んできた。

夜着の単《ひとえ》をまとっただけでは肌寒《はだざむ》い。だが、彼女はそのまま簀子に出た。

雨のせいで湿《しめ》った簀子に、ぺたぺたと足音を立てて出る。

風で斜《なな》めに降ってくる雨は、簀子の端《はし》と高欄《こうらん》を濡らしていた。

濡れた高欄に指をのばして、暗い空を仰ぐ。

雨音をじっと聞いていた彼女は、背後に人影が接近してくることに気づかなかった。

足音も立てずに忍《しの》び寄ってきた人影は、彼女のすぐ後ろに膝《ひざ》を折った。

彼女は夜空に向けて手をあげる。

「……やまない、かな…」

雨がやめば、少しは気分が晴れるだろうから。

あの空を覆《おお》う雲が切れて、ずっと姿を見せていない月や星が覗いてくれれば、それを眺めて時を過ごすことができる。

そうしていた彼女の両肩《りょうかた》に、冷たいものがのせられた。

「っ……！」

息を呑《の》んで硬直《こうちょく》する彼女の耳元で、低いささやきがした。

「何をなさっておいでですか、姫宮様《ひめみや》」

きれいだが、感情の見えない冷たい声音《こわね》。

ぎくしゃくとしながら、脩子《ながこ》は後ろを振《ふ》り返った。

燈籠の仄《ほの》かな灯《あか》りに、女房《にょうぼう》の白い面差《おもざ》しがぼんやりと映し出されている。

黒目がちの瞳《ひとみ》が冷たく輝《かがや》いて、闇にも映《は》える赤い唇《くちびる》が形ばかりの笑《え》みを作っている。

脩子の肩が大きく震《ふる》えた。それを見た女房は、うっそりと目を細めた。

「お寒いのでしょう。そのような薄着《うすぎ》では、お風邪《かぜ》を召《め》されてしまいますわ、姫宮様」

ぐい、と肩を引かれて、無理やり女房のほうを向かされる。脩子は唇を固く引き結んだまま
ひとことも発しない。女房は脩子の腕《うで》を摑《つか》んで、立ち上がる。

「さあ。お休みください。朝までわたくしがおそばに控《ひか》えておりますわ」

「え……」

青ざめた脩子の頬《ほお》に添《そ》えられた手は、生きた人間のものとは思えないほど冷たかった。

足がすくんで動けない脩子を、肩を引いて強引《ごういん》に歩かせながら、女房は穏《おだ》やかに告げる。

「おひとりで心細い思いをされたのでしょう。でも、ご安心ください。これからは、わたくしがおそばにおりますから」

低く響《ひび》く優《やさ》しい声音が、脩子の胸を締《し》めつけるようだ。

機械的に足を動かしながら、脩子は心の中で叫《さけ》んだ。

助けて。誰か、助けて。

引き攣《つ》った少女を見下ろして、女房は厳《おごそ》かに告げる。

「姫宮様のおそばには、この阿曇《あずみ》が、ずっとついておりますわ……」

脩子のか細い肩に、阿曇の指がゆるゆると食い込む。その痛みを感じる余裕《よゆう》もなく、脩子はぎゅっと目を閉じた。

雨音が聞こえる。その狭間《はざま》に、どくどくという、自分の鼓動《こどう》の音が。

こわい。こわい。こわい。

「姫宮様、段差が危《あぶ》のうございますわ、お気をつけて」

廂《ひさし》から一段上がった母屋《もや》の帳台に誘《いざな》われて、帳《とばり》と几帳の間に押し入れられる。

茵の上にぺたりと座り込んで、脩子は肺が空になるまで息を吐《は》き出した。

ひとりになった途端、冷や汗《あせ》がどっと吹《ふ》き出した。そろそろと帳台から顔を出し、室内を見回す。軒《のき》に下がった燈籠の灯りが廂に落ち込んでくる。
その灯火《ともしび》が届くぎりぎりの場所に、阿曇が端座《たんざ》していた。
風の動きを感じたのか、彼女は静かに顔を上げ、帳台に目を向ける。
ぼんやりとした光の中で、彼女の双眸《そうぼう》は異様に輝いているように見えた。
脩子の背筋が冷たくなる。慌《あわ》てて顔を引っ込めた彼女は、袿をかぶって息を詰めた。
「……たすけて…」
胸の中で何度も何度も繰《く》り返しながら、脩子は身を震わせた。

時折。本当に時折。
脳裏《のうり》に幾《いく》つかの、誰かの姿が、かすかに見えるときがある。
だが、その面差しはどうしてもはっきり見えなくて。なのに、いますがりたいと思うのは、
その朧《おぼろ》な者たちなのだ。

2

◆

◆

◆

晴れた日には見えるはずの水平線が、雨のせいで霞《かす》んでいる。

岸壁《がんぺき》すれすれに立って、けぶる海面を見はるかす少女に、傍《かたわ》らに並ぶ従者がそっと声をかけた。

「斎《いつき》様。そろそろ戻《もど》られませ」

低く落ち着いた声に、少女はついと視線を上げる。

年の頃《ころ》は、十《とお》に届いたばかりだろうか。幼さの残る面立ちは、しかし凜《りん》とした気品に満ちている。背を覆う髪《かみ》は黒々としており、肌《はだ》の白さを際立《きわだ》たせていた。

長身の従者の顔は、彼女からは見えない。雨から守るため、己《おの》れのまとう衣《ころも》で彼女を覆っているからだ。だが、従者がどんな表情をしているのか、彼女には手に取るようにわかった。

二十歳《はたち》を越《こ》えたくらいの、落ち着いた精悍《せいかん》な相貌《そうぼう》。潮風で色が抜《ぬ》けたものか、ほんの少し赤みを帯びた黒髪《くろかみ》は、いささかざんばらで短い。袖《そで》のない浄衣《じょうえ》をまとい、細い紫《むらさき》の帯で留めている。肘《ひじ》から手首までを保護する手甲《てっこう》と脛《すね》あては、夜の波のような暗い色だ。その上に、やはり袖のない衣を羽織り、それで少女を雨から守っているのだ。

彼女はまったく濡《ぬ》れない代わりに、従者の青年は雨に打たれるままなのだろう。

「――益荒《ますら》」

幼い声音は凜と響く。雨の間隙《かんげき》を縫《ぬ》い、波の音にも消されることなく。

「はい」

「あの波は、どこにつづいているのだろう」

岸壁に打ちつける白波を見つめたまま、少女は一歩足を進めた。雨に濡れた岩場は滑《すべ》りやすい。もう半歩踏《ふ》み出せば、そこにもう地面はない。海面まで何丈か、はっきりした数値はわからないが、落ちれば命はないだろう。

益荒と呼ばれた青年は、厳かに答えた。

「現世ではない、別の世につづいているのだと、我が君は仰《おお》せになりましょう」

少女は瞬《まばた》きをした。

「……そこならば、我らの姫も、苦しまれることはないだろうか」

淡々《たんたん》とした少女の言葉に、益荒は表情ひとつ変えずに返した。

「姫は、苦しまれてなどおりますまい」

大きな瞳がほんの少しだけ揺《ゆ》れた。だがその動きはすぐさま消え、さざなみのない水面《みなも》のような静けさを取り戻す。

「……そうだな」

青年の衣を軽く引き、彼女は身を翻《ひるがえ》した。

「戻ろう。皆《みな》が待っている」

「御意《ぎょい》」

歩き出す間際《まぎわ》、衣の隙間《すきま》から見た海原《うなばら》は、どこまでも遠いはずなのに、霞《かすみ》にけぶって幻《まぼろし》のようだった。

「帝《みかど》の姫は？」

ゆっくりと足を運ぶ少女に歩調を合わせて、益荒はゆるやかに進む。

「我らの許《もと》においでいただくため、手はずを整えているところです。ですが」

少女は青年を見上げる。

「それほどお待たせすることは、ないかと」

「そうか」

頷《うなず》いて、少女は目を伏《ふ》せた。

「あまり時間がない。急げ」

「御意」

雨の中を進むふたつの人影《ひとかげ》は、やがて鬱蒼《うっそう》とした木々の中に消えた。

◆　◆　◆

雨の中、ようやく大内裏《だいだいり》の陰陽寮《おんみょうりょう》に到着《とうちゃく》した昌浩は、用意されていた手ぬぐいで顔を拭《ふ》きながら息をついた。

「こう雨続きだと、大変だよねぇ」

昌浩の足元では物《もの》の怪《け》が、屋根から落ちてくる滝《たき》のような雨水で、四肢《しし》の泥《どろ》を器用に洗い流している。

「だな。毎日毎日、そろそろうんざりだ」

心底嫌《いや》そうに顔をしかめている物の怪の言い方がおかしくて、昌浩は小さく笑った。

どんよりとした空は、昼間だというのに夕刻のように薄暗《うすぐら》い。

出雲《いずも》国、道反の聖域から、昌浩たちが戻ったのは、ひと月以上前だ。

帰ってきたときにはもう乞巧奠《きこうでん》を過ぎていて、都は本格的な秋の色を見せていた。

物忌《ものいみ》を明けて出仕《しゅっし》を再開してからずっと、たまっていた仕事に追われていて、気がつけば葉月に入っていた。

取り立てて事件らしい事件もなく、毎日毎日決められた時間に邸《やしき》を出て、直丁《じきちょう》の仕事をこなし、規定よりだいぶ遅《おそ》い時刻に退出して、邸に戻る。

久しぶりに味わう、平和で単調な日々だった。

出雲から帰ってから、昌浩はずっと夜警に出ていない。必要があれば出かけるのだが、差し迫《せま》った案件がないので、陰陽寮での仕事を最優先にしている。

考えてみれば、それが当たり前なのだ。

「波瀾万丈《はらんばんじょう》だよなぁ」

頼《たの》まれた巻物を書巻庫で探していた昌浩は、なんとはなしに呟《つぶや》いた。

昌浩を手伝って、一番上の棚《たな》で巻物を物色していた物の怪が、ひょいと顔を出す。

「うん？」

「いやね。俺、出仕して一年以上だけど。落ち着いて寮の仕事だけやって、ほかには何も考えなくていいときって、あんまりなかったなぁと思って」

白く長い耳をそよがせて、物の怪は前足で目の上を掻《か》いた。

「あー…、言われてみれば。そうかもなぁ」

「もっくん、その辺にある？」

「ん？　ああ、一本見つけた。落とすぞ」

「いいよ」

ひょいと放られた巻物を受け取って、念のため中を確認《かくにん》する。これだ。

「ありがとう。ええと、あとは……」

上段の巻物以外は、昌浩の背丈《せたけ》でも見つけられる棚にしまわれていた。

頼まれていたものの一覧と照らし合わせて、間違《まちが》いがないようにきちんと確認する。抜けがあったらまた探しにこなければならず、二度手間《でま》になる。

「よし、揃《そろ》った」

六本の巻物を抱《かか》えて書巻庫の塗籠《ぬりかご》を出た昌浩の後ろで、物の怪が妻戸《つまど》を閉めた。

「ありがとう」

「おう」

周りに誰もいないからできる技《わざ》だ。人目のあるときは、どんなに手がふさがっていて昌浩が大変そうでも、物の怪は傍観《ぼうかん》している。

陰陽部に向かう昌浩の肩《かた》に飛び乗って、物の怪は長い尻尾《しっぽ》を振《ふ》った。

徒人《ただびと》には見えない物の怪は、大きな猫《ねこ》か小さな犬ほどの大きさであるにもかかわらず、まるで体重を感じさせない。通力でそのように調整しているらしいのだが、本来どの程度の重さなのか、昌浩は時々気になっている。紅蓮《ぐれん》と同じ重さと考えるのが一番理にかなっている気がするが、では果たして紅蓮の体重はどの程度なのだろう。神将の体重は、人間のそれと変わらないのだろうか。それとも、身体組織の質量は人間とは違《ちが》うのだろうか。神将と人間は違うのか。ならば、人身を取った高龗神《たかおかみのかみ》の体重は。

などなどと、特に重要ではないけれども気になることは、それなりにある。

ちらと見やると、大きくて丸い夕焼け色の瞳《ひとみ》が向けられた。

「ん？」

「もっくん、軽いなぁと思って」

「重くなってもいいが、それだと色々厄介《やっかい》だしな」

「重くなるのは勘弁《かんべん》。肩が痛くなる」

「だろ」

他愛のない会話を小声で交《か》わしながら陰陽部に戻《もど》る途中《とちゅう》、昌浩はふいに足を止めた。

築地塀《ついじべい》と門で囲まれた内裏の方角を眺《なが》めやる。正しくは、内裏の上空を。

雨雲に覆《おお》われた上空をじっと見つめる昌浩に倣《なら》って、物の怪はのびあがるようにして目を凝《こ》らした。

「……やはり、おかしな気配が渦巻《うずま》いてるな」

険のにじんだ物の怪の呟きに、昌浩は黙《だま》ったまま頷いた。

昨年の夏に焼失した内裏は、現在再建途中にある。もうひと月半もすれば新造内裏が完成するという話だったのだが、どうやらこの長雨で遅《おく》れが込んでいるようだ。

帝をはじめ、后《きさき》がたは、一条《いちじょう》の今内裏に移り住んでいる。だが、内裏が無人かというと、そんなことはない。

内裏の建造に当たっている人足《にんそく》たちとは別に、火災を免《まぬが》れた殿舎《でんしゃ》には、帝の不在の内裏において何事もないように、留守居の女官《にょかん》や舎人《とねり》が詰《つ》めているのだ。

その中には温明殿《うんめいでん》に仕《つか》える内侍《ないし》のような高位の女官もおり、彼女らを護衛するために武官も待機しているということだった。

内裏の空気がおかしいという話を昌浩が聞いたのは、出仕を再開してしばらく経《た》った頃《ころ》だった。文月《ふみづき》の終わりで、暦の書写に追われていたので、よく覚えている。

おかしいといっても、公《おおやけ》に伝わってきたわけではない。昌浩に教えてくれたのは、長兄《ちょうけい》である成親《なりちか》だ。

その成親も、当初は気づいていなかったという。

最初に異変に気づいたのは、昌浩と同時に異形《いぎょう》の穢《けが》れに触《ふ》れ、長の物忌《ものい》みを明けて出仕した藤原敏次《ふじわらのとしつぐ》だったそうだ。

「内裏の中なんて、入ったことないもんなぁ」

うーんと唸《うな》る昌浩の肩で、物の怪の片耳がぴょこんと上がった。

「ん？　違うだろう」

「え。いつ」

覚えがない。陰陽寮に所属しているとはいえ、昌浩は初位《そい》の地下人だ。下っ端《ぱ》の下っ端もいいところ。帝の住居ともいうべき内裏を囲むあの築地塀と幾《いく》つもの門の中に入るなど、恐《おそ》れ多くて夢のまた夢だろう。

「じい様だったら、帝の召請《しょうせい》を受けて、とかありそうだけど…」

眉間《みけん》にしわを寄せている昌浩に、物の怪は片耳を振って見せた。

「違《ちが》う違う。夜中に忍《しの》び込んだことがあっただろうが」

「夜中？　………あー…」

夕焼け色の瞳をじっと見返していた昌浩は、ようやく思い返して声を上げた。

冬の夜中だ。都のいずこかにうがたれた黄泉《よみ》の瘴穴《しょうけつ》を探していた折のこと。風音によって連れ去られた内親王脩子の行方《ゆくえ》を追い、太陰《たいいん》の風で運んでもらった先が、再建途中の内裏だったのだ。そういえば。

肩の上で器用に均衡《きんこう》を保ちながら、物の怪は後ろ足で首をわしゃわしゃと掻く。

「ま、忍び込んで、そのまま瘴穴に引きずり込まれたからなぁ。覚えてなくても仕方ないか」

昌浩は、ひとつ瞬《まばた》きをした。

「……う、ん。そう、だね」

あのとき。

内裏に降り立ってすぐに瘴穴に引きずり込まれて、昌浩と物の怪《もののけ》は別れ別れになった。

昌浩は、太陰や玄武、六合と一緒《いっしょ》で。そして物の怪は――――。

「…………」

わしゃわしゃと首を掻いている物の怪の背を、昌浩は思わず撫《な》でた。

「ん？」

驚《おどろ》いた物の怪が、動きを止めて、背に置かれた手を見る。

「なんだ？　どうした、昌浩」

「や…、なんでも、ない」

そろそろと物の怪の背から手を引いて、昌浩は複雑な気分で目を泳がせた。

あのとき、昌浩と別れ別れになった物の怪は、紅蓮は。風音の縛魂の術に落ちて、魂《たましい》は黄泉の瘴気に呑《の》みこまれ、宿体は黄泉の屍鬼《しき》に乗っ取られたのだ。

言葉が出てこない昌浩の肩の上で、物の怪は後ろ足でひょいと直立し、大きくのびをして片前足を目の上でかざしている。

「うーん、さすがにここからじゃなぁ。屋根に上ったら少しは見えるかもしれんが…。いっそ内裏《だいり》周りの塀《へい》の上にあがれば…」

昌浩は、物の怪の横顔を見つめた。その胸のうちに何かを隠《かく》しているのに、それを見せまいとしているのだろうか。それとも、もう吹《ふ》っ切ったのだろうか。

道反の聖域で、甦《よみがえ》った風音と物の怪が何を話したのか、昌浩は知らない。八岐大蛇《やまたのおろち》との血戦の際にそれを気にかけている余裕《よゆう》はなかったし、事態が収束してから程《ほど》なくして自分たちは都に戻ってきた。

昌浩自身、風音とはあまり言葉を交わしていないのだ。

実際問題、何を話せばいいのか、よくわからない。昌浩は風音のことをよく知らないし、彼女も昌浩に対して用がない限り声をかけてくることもないので。

ああでも。別れ際《ぎわ》、彼女が強張《こわば》った面持《おもも》ちで、色々とごめんなさい、と謝罪してきたときは、ちゃんと向き合って話ができた気がする。

それでも、よくもやったなとは、さすがに言えなかったが。

次に会うときは、もう少し実りのある会話ができればいいと思う。

内裏の上空を眺めながら思いを馳《は》せていた昌浩は、すぐ横に誰かが立ち止まってもそれに気づかなかった。

肩に乗っていた物の怪がいち早く気づき、反対側に移動して昌浩の背中を尻尾で叩《たた》く。

「ん？」

ひょいと首をめぐらせた昌浩は、並んでいる藤原行成《ゆきなり》と敏次の視線を受けて、思わず引き攣《つ》った。

「わぁっ⁉」

ずざっと後退《あとずさ》った昌浩の行動に、敏次が渋《しぶ》い顔をする。

「なんだね、昌浩殿《どの》。ひとの顔を見るなり」

「えっ！　ああ、はい、すみません、つい……」

思いもよらないところに思いもよらない人間がいたら、驚くだろう。ああびっくりした。

持っていた巻物を落としそうになって、慌《あわ》てて整えなおす。これは大切なものなのだ。敏次の前で落とそうものなら延々説教されてしまう。

「昌浩殿、いくら雨続きで気が滅入《めい》るとはいえ、ぼうっとしているのは感心しないぞ」

眉《まゆ》を吊《つ》り上げる敏次の肩《かた》を、行成が笑いながら叩いた。

「まあいいじゃないか、敏次。先ほどお前もあちらの空を見上げながら、物思いに沈《しず》んでいたのだし」

「あれはっ」

物凄《ものすご》い剣幕《けんまく》で、敏次は言い募《つの》った。

「内裏の上空に、奇妙《きみょう》な渦《うず》が巻いているような気がして……。といっても、見鬼《けんき》の才のない私には、いまいち判然としないのですが」

昌浩は瞬きをした。

敏次がどう考えているのかを聞いたことはなかったが、やはりずっと気に留めていたのか。

「やはり、確たるものを得てから成親様に伺《うかが》うべきだったかと、反省しているのです。先走ってしまいました」

「そうかな？　陰陽師《おんみょうじ》の勘《かん》なのだから、もっと信じてもいいのではないかな。昌浩殿もそう思わないかい？」

突然《とつぜん》水を向けられて、昌浩は言葉に窮《きゅう》した。

「えっ？　……ええと…」

さて、なんと答えるべきだろう。

思案する昌浩の肩で、不機嫌《ふきげん》そうな物の怪が、胸の前で器用に前足を組み、片後ろ足をだんっと踏《ふ》み鳴らした。

「ちょおっと待ったぁ！」

昌浩の肩が軽い衝撃《しょうげき》で少し傾《かたむ》く。思わず巻物が滑《すべ》り落ちそうになって、昌浩は慌てて体勢を立て直した。

ちょっと痛い。表情を変えずに胸のうちでぼやく昌浩である。

一方の物の怪は、丸い目を半月型にして息巻いた。

「いいか行成！　信頼《しんらい》に値《あたい》するべき陰陽師の勘というのはだなっ、この昌浩とか、晴明とかっ！　都の中でも一、二を争う実力の持ち主のものを言うんだぞっ！　そこのっ、能無し似非《えせ》陰陽師の勘なんぞ、ただの思い込みだ世迷いごとだ読み違いだ寝言《ねごと》は寝てから言いやがれっ！」

耳の近くで怒鳴《どな》られるのはうるさいなぁと、思わず遠い目をする昌浩である。

行成と敏次の目が注がれていることに気づき、昌浩は慌てて取り繕《つくろ》った。

「敏次殿がそう感じられたのなら、それを軽視するべきではないと思います。兄もそう申しておりました」

敏次の目が驚いたように瞠《みは》られる。一方の行成は嬉《うれ》しそうに相好を崩《くず》した。

「やはりね」

「は、はあ……いや、しかし、まだまだ修行《しゆぎよう》が足りておりませんので……」

歯切れの悪い口調でぼそぼそと呟《つぶや》く敏次だが、悪い気はしていないのだろう。行成だけでなく、成親も自分を評価してくれているというのだ。

「待て待て待て待て待て待て待て待て待て待て――っ！」

物の怪の叫《さけ》びが轟《とどろ》く。

これが聞こえるのがどうして俺だけなんだろう。誰かに分かち合ってほしい。

六合か勾陣がいてくれたらなぁと、心の底からふたりの帰りを願う昌浩である。ここまで彼らの帰京を望んだのは、ここ一ヶ月で初めてな気がする。

ぎゃおぎゃおと理不尽《りふじん》な台詞《せりふ》をまくし立てている物の怪なのだが、行成にも敏次にも聞こえないのだ。

「……昌浩？」

背後から遠慮《えんりよ》がちにかけられた呼び声は、まさに天の助けだった。

行成と敏次が視線をそちらに向ける。

「やぁ、昌親《まさちか》殿」

朗《ほが》らかに微笑《ほほえ》む行成に一礼した昌親は、昌浩の隣《となり》に並んで穏《おだ》やかに口を開いた。

「ご無沙汰《ぶさた》しております、行成様。敏次殿も」

「はい」

礼儀《れいぎ》正《ただ》しく頭を下げる敏次の所作に、昌親は目を細める。そうしながら、昌浩の背をぽんぽんと叩いた。

その仕草が、大変だねぇと言ってくれているようで、昌浩は心の中で小さく感動した。

ありがとう兄上、俺、ひとりじゃなかった。

昌親には物の怪の姿も見えるし声も聞こえる。かなり距離《きより》があるはずの天文部にいたというのに、怒号《どごう》が響《ひび》いてきたため、何事かと駆《か》けつけてきたのである。

「行成様がこのようなところで立ち話とは、珍《めずら》しいですね」

昌親の言葉に、行成は苦笑《くしよう》した。

「そんなに珍しいかな。私だって気の置けない者と立ち話くらいはするさ」

「それはそうなのですが。ご多忙《たぼう》の身でよくそんな余裕がおありだと、そこに感服しているのです」

行成の面持ちに翳《かげ》が差した。

「……そこが問題でね」

訝《いぶか》った三対の視線が注がれる。右大弁と蔵人頭《くろうどのとう》を兼任《けんにん》している有能な官吏《かんり》は、やおら険しい顔になって深く嘆息《たんそく》した。

「この長雨で、内裏の再建が遅《おく》れていて、困っている。雨がやまなければ作業が進まないと、木工寮《もくりょう》の者たちがこぼしているんだ。実際、材木は濡《ぬ》れると寸法が変わってしまうしね。主上《おかみ》も案じておられるよ」

今内裏に座所を移している今上《きんじょう》の許《もと》へ、行成は毎日進行状況《じょうきょう》の報告や政《まつりごと》の裁量を仰《あお》ぎに通っている。そこから大内裏に出仕《しゅっし》して、激務をこなしているのだ。

そんな多忙な行成が、少しの空き時間にちょこちょこと陰陽寮《おんみょうりょう》に顔を出すのは、気分転換《てんかん》の意味合いが強いのかもしれない。

少なくとも、敏次を相手にしているときは、言葉の裏の裏を読み、先手を取って裏をかくような真似《まね》はしなくていい。

本当にささやかな息抜《いきぬ》きだ。

官僚《かんりょう》としての行成の労苦を、昌親は僅《わず》かながら理解できる。参議の娘婿《むすめむこ》である兄成親も、出仕している際には常に気を張っている。そんな成親も、弟たちと接しているときだけは息がつけているようだった。

「……そうだ」

ふいに、行成が声を上げた。

「昌親殿は確か天文部に所属されていたと思ったが」

「はい。それが何か…」

行成は、どんよりと重い空を仰いだ。

「この雨なんだが、いつやむかわからないだろうか。実は、先ほど鴨川《かもがわ》の堤《つつみ》が決壊《けっかい》したとの報があった」

三人が息を呑《の》む。それまで沈黙《ちんもく》していた物《もの》の怪《け》は、夕焼けの瞳《ひとみ》をきらりと光らせて、険しい顔をした。

「それは…」

漸う《ようよ》口を開いた昌親に頷《うなず》き、行成は肩を落とす。

「土嚢《どのう》を積み上げて、大事に至る前になんとか事なきを得たということだ…。近々、陰陽頭《おんみょうのかみ》にも長雨がいつまで続くものかを占《せん》じるようにと命が下るだろうが、差しあたって、予想だけでもつけられないものだろうか」

昌親は困惑《こんわく》した風情《ふぜい》で眉根を寄せる。

「風の動きや雲の厚さを見ておりましても、やむ気配が一向にありません。博士《はかせ》も事態を重く見ておりまして、これ以上雨が続くようなら、貴船《きふね》に止雨《しう》を祈念《きねん》すべきであろうとの奏上も考慮《こうりょ》されているようです」

昌親のいう博士とは、天文博士のことだ。昌親は公私をきっちりと区別していて、寮内《りょうない》では決して父上とは呼ばない。しかし、そこまで固く考えなくてもいいのにと、実は天文部署の者たちは内心で思っているのだ。

「そうか…」

落胆《らくたん》したそぶりを見せた行成だったが、しかしすぐに背筋をのばした。

「止雨の祈念、か。わかった。私からも左大臣様に申し上げておこう」

雨粒《あまつぶ》の落ちてくる空を見上げて、行成は生真面目《きまじめ》な顔を作った。

「ここのところずっと、日の光を見ていないしな。そろそろ晴れてくれなければ、内裏《だいり》の再建だけでなく、農作物にも影響《えいきょう》が出る」

雨でなくても雲は空を覆《おお》い、陽射《ひざ》しが地に降り注ぐことがないのだ。

「さて。そろそろ仕事に戻《もど》るか。じゃあな、敏次。昌浩殿《どの》と昌親殿も」

軽く手を振《ふ》って内裏に向かう背中に、昌浩たちは一礼した。

響いた鐘鼓《しょうこ》の音で講義の時間を思い出した敏次も足早に戻っていく。昌浩の肩《かた》から飛び降りて、その背に険のある視線をくれる物の怪を見て、昌親は苦笑した。

「騰蛇の声は凄《すご》いね。向こうまで聞こえて、博士がぎょっとされていた」

驚《おどろ》く昌浩だったが、それもまた当然である。昌親と吉昌《よしまさ》は同じ部署にいるのだ。昌親に聞こえたなら吉昌の耳にも届く。

「父上が？」

頷いて、昌親は片目をつぶって見せた。

「それで、私に様子を見てくるようにと仰《おつしや》ったんだよ」

「ははぁ、なるほど」

だから、本来ならば仕事中のこの時間に、ちょうどいい間合いで昌親が通りかかったのか。

「もっくんもなぁ。敏次殿に対して、どうしてあんなにきついのかなぁ」

「うーん。難しい問題だねぇ」

気に食わないとか、癇《かん》に障《さわ》るとか、そりが合わないとか。色々と理由はあるのだろうが、第一に、物の怪は悔《くや》しいのだ。第二も第三も悔しくて、感情を敏次にぶつけているのだろう。

騰蛇は昌浩贔屓《びいき》だからなぁと胸の中で呟いて、首をひねっている弟の後ろ頭をぽんぽんと叩《たた》く。烏帽子《えぼし》がなければわしゃわしゃわしゃと頭を掻《か》き回しているところだ。

そうしてふと、昌親は瞬《まばた》きをした。

「昌浩、少し背がのびたね」

兄の言葉に、昌浩はがばっと顔を上げた。

「ほんとですか兄上！」

問われた側はうんと頷く。

「ほら、目線が高くなっている。ちゃんと食べて、寝《ね》ているんだね」

「はい！……………え？」

破顔した昌親の台詞《せりふ》に、笑顔《えがお》で頷いた昌浩は、そのまま瞬きをした。

「ん？　どうかしたかい？」

「なんだ、どうした昌浩」

物の怪も振り返り、後ろ足で直立して見上げてくる。

しばらく笑顔で固まっていた昌浩は、のろのろと尋《たず》ねた。

「……兄上」

「うん？」

「背、なんですけど」

「うん」

「ちゃんと食べるだけじゃなくて、ちゃんと寝ないとのびないんですか」

昌浩は、それはもう一生懸命《けんめい》食べている。何しろ体力勝負の日々だ。特に、変事があって夜警に出ているときは、睡眠《すいみん》不足を補うために、必死で栄養摂取《せっしゅ》を心がけている。それでも食べられないときがあるから、彰子が用意してくれる乾《ほ》し果実を非常食として携帯《けいたい》しているし、彰子がそっと用意してくれている握《にぎ》り飯を帰邸《きたく》してからお腹《なか》に入れて、その後仮眠《かみん》を取るのだ。

そう考えると、昌浩の体力がなんとかもっているのは、彰子の気遣《きづか》いの賜物《たまもの》であろう。あとで改めて感謝を述べなければなるまい。

それはさておき。

「食べてるだけだと、だめなんですか」

突然《とつぜん》がらっと顔の変わった弟に、次兄《じけい》は不思議そうな目をしながら答えた。

「詳しいことはよくわからないけど、とりあえずそうだと聞いたよ。私も兄上も、食事はもちろんのこと、なるべくしっかり睡眠をとるようにと、よく言われたから」

早く大きくなりたいと子どもが思うのは、いつの時代も同じこと。

隠形《おんぎょう》していても成親や昌親の近くにいることの多かった太裳《たいじょう》と、生真面目だが面倒見《めんどうみ》の良い天后《てんこう》に、それなら好き嫌《きら》いなくなんでも食べて、適度に運動をして、夜はしっかり眠《ねむ》ることですよと教えられた。

「なんでも、眠っている間に体は大きくなるものだとかなんとか。出仕するようになってからは夜更《よふ》かしも増えたけど、できるだけ眠るようにはしていたなぁ。宿直《とのい》のときばかりは仕方がないけどね……。あれ、昌浩？」

巻物を抱《かか》えたまま、昌浩がしゃがみこんでいる。というよりも、崩《くず》れ落ちた、という表現のほうが相応《ふさわ》しい様子だ。

「昌浩？　気分でも悪いのか、大丈夫《だいじょうぶ》か」

心配した昌親が膝《ひざ》を折って肩を揺《ゆ》さぶる。物の怪はというと、烏帽子と巻物の間から見える昌浩の顔を覗《のぞ》くようにして、瞬きをした。

「……まぁ、なんだ、な」

ぽん、と昌浩の肩に前足を置く物の怪である。

昌浩は、大層打ちひしがれていた。

変事の際には、昼間は陰陽寮《おんみょうりょう》で直丁《じきちょう》の仕事をこなし、夜に動き回っていた昌浩だ。早くのびないものかと一生懸命食べて、一生懸命動き回っていたわけだが、一番大事なところが欠けていた。

そうか。いつまでたっても彰子の背と差ができないのは、睡眠不足が原因か。

出雲《いずも》で比古にひとつしか違《ちが》わないのに小さいといわれてしまったこの身長は、夜に動き回っていたのが原因だったのか。

よし、今日からはちゃんと眠る。必要がない限り、夜はちゃんと眠って、ご飯もちゃんと食べて、適度に動き回る。

絶対に兄上たちくらいになるんだと、心に誓《ちか》う昌浩である。

「昌浩、体調が良くないなら、博士に頼《たの》んで帰らせてもらったほうが…」

案じてくれる兄に、昌浩は顔を上げて力なく首を振った。

「いいえ。体調が悪いとかではなくて、ちょっと、力が抜《ぬ》けただけで。大丈夫ですから」

「そうか？」

「はい。心配してくれてありがとうございます、兄上」

「ならいいんだが…」

よいしょと立ち上がる昌浩を、まだ心配する風情《ふぜい》の昌親だったが、思いのほかしゃんとしている弟の様子に安堵《あんど》したようだった。

「もし体調が悪くなったら、ちゃんと休むんだよ、いいね」

何度も念を押して、昌親は天文部署に帰っていった。それを見送ってから、昌浩も職場に戻るべく歩き出す。

その横を歩きながら、物の怪《もののけ》は尻尾《しっぽ》を振った。

「なぁ、昌浩」

「なに？」

ぽてぽてと歩いていた物の怪だったが、向こうから中務省《なかつかさしょう》の官僚《かんりょう》が歩いてくるのを見て、昌浩の肩に飛び乗った。

「昌親はああ言ってたが、眠らないと背がのびないというわけじゃないから、あんまり心配するな」

「ほんと？」

思わず立ち止まって食いついてくる昌浩に、物の怪は苦笑《くしょう》を嚙《か》み殺して生真面目な顔を作る。

「本当だ。何しろ晴明も、お前と同じように夜警にしょっちゅう出ていたが、あの背丈《せたけ》だ。まぁ、眠らないよりは、眠ったほうがいいのは確かだけどな」

祖父の、離魂術《りこんじゅつ》を使った年若い姿を思い出し、昌浩は目を輝《かがや》かせた。

「そうか…よし！」

でも、これからはちゃんとできるだけ、眠れるときには眠るようにしようと、新たに誓う昌浩である。

物の怪はうんうんと頷《うなず》いた。実は、晴明が夜警で出歩くようになったのは、二十歳《はたちこ》を越えて自分たち十二神将を従えてからだったりしたのだが、それは心に秘めておいたほうがいいと判断した。

ここに六合や勾陣がいたら、何か物言いが入るか、もしくは物の怪の言葉に加えて説得力のあることを言ってくれるかだろう。

そんなふうに考えて、物の怪は耳の後ろを掻いた。

勾陣や六合の言動や表情が、容易に想像できる。昌浩のそば近くにいつもいるのは自分の役目だが、そこにほかの誰かもいることに、こんなにも慣れていたのか。

近くに誰かがいることが当たり前になりつつあること。それは、この世に誕生してからの時のほとんどを独りで過ごしてきた騰蛇にとって、劇的な変化のひとつだ。

この子どもは、大きな渦《うず》を作る。自ら動き、また、周りも大きく動かす。

だがそれは、不快ではない現象だ。

「……あのさ、もっくん」

遥《はる》か西方に心を向けていた物の怪は、意識を引き戻《もど》して昌浩を見た。

「なんだ」

「俺、退出したら、貴船《きふね》に行ってみようかと思う」

物の怪は目を丸くした。

「随分唐突《ずいぶんとうとつ》だな、おい」

夜は眠るんだと力いっぱい心に宣言していたくせに、さっそく覆《くつがえ》すとは。

昌浩はいささか渋《しぶ》い顔をした。

「退出したらすぐに行って、すぐに帰ってくるよ。ちゃんと」

「ほほう。……で？」

からかいの色を引っ込めて、真面目《まじめ》に問う。昌浩は頷いた。

「行成様も仰《おっしゃ》ってたけど、やけに雨がつづいてる。どうしてこんなに長雨なのか、もし理由があるならそれを伺《うかが》えないかと思って」

それと。

「考えてみたら、出雲から帰ってきて、一度も行ってなかったからさ。挨拶《あいさつ》に行くのは、悪いことじゃないだろ」

「確かにな」

雨の落ちてくる空を見やって、物の怪は耳をそよがせた。

北方に見えるはずの山並みは、建物にさえぎられてここから望むことはできない。

だが、あの神はいつもこの地を見ていて、いまこの瞬間《しゅんかん》にも、もしかしたら昌浩の様子を窺《うかが》っているのかもしれないのだ。

神に気にかけられているというのは、悪いことではない。その存在に近しく、その声を聞き、意思に触《ふ》れることができる者は、そうでない者よりも加護を受けられる率が高いといえるからだ。

もっとも、その分過酷《かこく》な試練を負わされる場合も多いのだが。

3

そういえば、晴明が出雲の地に赴《おもむ》いたのは、貴船の祭神の命を受けたからだったという。

物の怪がそれを思い出したのは、貴船に向かう車之輔《くるまのすけ》の車中でのことだった。

あれから昌浩は仕事をてきぱきとこなし、定刻に退出した。雨の中を足早に帰邸《きたく》し、直衣《のうし》から狩衣《かりぎぬ》に着替《きが》えて、今日は早くに戻ってくるねと彰子に言い置いてきた。

雨でぬかるむ山道を、車之輔は慎重《しんちょう》に進んでいる。泥《どろ》にはまって動けなくなると昌浩に迷惑《めいわく》がかかるからと、いつも以上に気を遣《つか》っているようだ。

「車之輔、大丈夫か？」

物見の窓から足場の悪い道を確認《かくにん》し、心配した昌浩が声をかける。

輪の中央に浮《う》かんだ鬼《おに》の顔が、何かを答えている様子が伝わってきた。

昌浩が物の怪を顧《かえり》みる。物の怪は息をつき、口を開いた。

「ご心配には及《およ》びません、ご主人。この程度の泥道など、田植えの時季のあぜに比べたらどうということはありませんので。……だとさ」

そっか、と安心したように目を細める昌浩に、物の怪は目をすがめた。

「昌浩。いつも言ってるがなぁ、俺を通訳に使うな。自分で読めるように努力しようとは思わんのか」

こめかみの辺りをばつが悪そうに掻《か》いて、昌浩は口をへの字に曲げる。

「……努力はしてるけどさ」

「じゃあ、努力の成果をちゃんと見せろ」

お座りで淡々《たんたん》と言う物の怪に、膝《ひざ》を曲げた昌浩はううんと唸《うな》る。

「ちゃんと聞いてるつもりで、間違《まちが》ってたら、車之輔に悪いじゃないか」

車之輔の言いたいことと、自分が聞いたつもりになったことが、まったく違っていたら。

それは、すごく悲しい。車之輔にも悪い。

物の怪は息をついた。

「ようは慣れだ。数をこなさなきゃ慣れないもんだ。いつもいつも俺がいるわけじゃなし、直接話ができたほうが車之輔だって嬉《うれ》しいぞ」

ぴしりと尻尾を振《ふ》って、さらに付け加える。

「いまの状態は、たとえるなら、すぐ近くにいて、声もちゃんと聞こえるのに、女房《にょうぼう》をいちいち介《かい》さないと会話ができないのと同じだぞ。昌浩よ、お前彰子とそんなふうに話さなきゃならなくなったら嫌《いや》だろう？」

このたとえに、昌浩は相当応《こた》えたようだった。

やけに深刻な面持《おもも》ちで、ひとしきり黙《だま》り込む。だいぶ経《た》ってから口を開いた昌浩は、滅多《めった》にないほど重々しい声で言った。

「……それは、物凄《ものすご》く、嫌だ。……車之輔、ごめんな」

主《あるじ》の重い呟《つぶや》きを聞いた妖車《あやかしぐるま》が、文字通り飛び上がる。がたんと音を立てて車体が大きく揺《ゆ》れたので、物《もの》の怪《け》は渋い顔をした。

そんなっ、やつがれ風情《ふぜい》にご主人、そのようなお気遣《きづか》いは無用ですご主人っ！　ご、ご主人っ、ご主人っ！　ごしゅじ――――ん！

車之輔は必死に訴《うった》えているのだが、いかんせん昌浩には聞こえていない。この悲痛な叫《さけ》びが聞こえている物の怪は、あーあと言いたげな顔で息をついた。

「苦手を苦手だと言ってても、できるようにはならないもんな…」

自分自身に語りかけるように、昌浩はしかつめらしい顔で呟く。

苦手なことはたくさんあって、昌浩はそれらを克服《こくふく》するより先に、できることをのばそうと思って努力してきた。でも、できないことを少しずつでもできるようにする努力もまた、大切なのだ。

黙《もく》して己《おの》れの手のひらを見つめる瞳《ひとみ》が、勁《つよ》さを増したような気がする。

昌浩を一瞥《いちべつ》し、物の怪は気づかれないように嘆息《たんそく》した。

その理由を、彼は知っている。

久方ぶりに訪《おとず》れた貴船の本宮《ほんみや》は、長雨で水かさの増した貴船川の濁流《だくりゅう》の響《ひび》きと雨音に満ちていた。

晴れていれば秋の虫が、その涼《すず》やかな音色を披露《ひろう》している季節なのだが、そういった風情は皆無《かいむ》だ。

船形岩《ふながたいわ》も雨に洗われて、泥が流れているようだ。ほんの少し、記憶《きおく》にある形とは違《ちが》っているように見えた。

車之輔は本宮を囲む塀《へい》のすぐ近くに停《と》まっている。そこまで乗せてもらっても、本宮の境内《けいだい》に入ってからは雨をさえぎるものは何もないので、昌浩と物の怪はずぶ濡《ぬ》れだ。

船形岩の近くに移動した昌浩は、背後に立ち昇《のぼ》った神気を感じ、振り返った。

「紅蓮」

道反《ちがえし》で八岐大蛇《やまたのおろち》と死闘《しとう》を演じて以来の本性《ほんしょう》だ。なにやら懐《なつ》かしい。物の怪は常に一緒《いっしょ》にいるが、それが十二神将騰蛇の変化《へんげ》した姿だという意識は、昌浩にはあまりない。

見上げてくる子どもの目線が、覚えているものよりも若干《じゃっかん》高くなっている。

弟の背がのびたという昌親の言葉を身をもって実感した紅蓮は、黙ったままつぃと目を細めた。この年頃《としごろ》の子どもは成長が早い。だが昌浩は、何もかも急ぎすぎているようにも思える。

もっとゆっくりでいいはずなのに、様々な事象がそれを許さない。晴明の後継《こうけい》だからという

だけではなく、昌浩には負わなければならない荷が多いのだ。

紅蓮の期待もそのひとつだ。だが昌浩は、それに反発して跳《は》ね除《の》けることをしない。時々思

うことはあっても、心の底から拒絶《きょぜつ》することはない。

晴明の願い、紅蓮の望み、兄たちの意思。それらを受けて、さらに己れの意志で、昌浩は最

高の陰陽師《おんみょうじ》を目指している。

「……高淤《たかお》の神、今日はいらっしゃらないかな」

しばらく空を見上げて、目を細めながら昌浩は呟いた。

自分が貴船《きふね》に来るたびに、あの神は姿を見せてくれるが、基本的に神は気まぐれだ。気が向

かなかったら、人間がいくら願って待っていても、降臨せずにいるものだろう。

高龗神《たかおかみのかみ》にとっては、この山全体が坐《いま》す地だ。

「うーん、出直すかなぁ」

唸っている昌浩の後頭部を眺《なが》めて、紅蓮は腕《うで》を組んだ。

「呼べば姿を見せるだろう。俺たちが来ていることくらい、神域に入った時点でお見通しのは

ずだ」

「そうなんだけどさ。ところで紅蓮、なんでもっくんから紅蓮の姿に戻《もど》ったの？」

何気ない問いに、紅蓮は端整《たんせい》な面立ちに険を宿した。

「……大した理由はない」

『だが、そうしなければならないと思うから、そうしているのだろうさ』

突然《とつぜん》降ってきた神々《こうごう》しい声音《こわね》に、昌浩と紅蓮は同時に空を仰《あお》いだ。

闇《やみ》をより濃《こ》くする雨雲を背景に、白銀に輝《かがや》く龍神《りゅうじん》が現れる。

長大で優美な龍身が大きく旋回《せんかい》し、船形岩に降りてくる。光が一層強くなり、昌浩は思わず目を閉じて手をかざした。

指の間から様子を窺《うかが》うと、徐々《じょじょ》に弱まっていく光の中に、人身を取った神が超然《ちょうぜん》と立っていた。彼女のまとう光の波は、そのまま高龗神の放つ神気なのだ。

この神は雨を司《つかさど》る。降り注ぐ雨は神には届かず、まるで繭《まゆ》に包まれているように、そこだけ雨滴《うてき》がよけていく。

玄武や天后といった水将や、風で雨を弾《はじ》く風将たちがいれば、ああやって雨を退けることができるだろう。

昔祖父の晴明がそうやって雨除けをしながら参内したという話を、いつだったか聞いたことを思い出す。

つい笑いそうになってしまったが、それでは神に対する不敬になる。昌浩は唇《くちびる》を引き結んで背筋をのばした。

高龗神は船形岩に腰《こし》を落とし、片膝《かたひざ》を立てた姿勢で子どもと神将を見下ろした。形の良い唇が笑《え》みを作る。

「久しいな。何用だ、がんぜない子どもよ」

昌浩は瞬《まばた》きをした。いつまでたってもこの神は自分の名前を呼ばない。一人前になるまでは、認めてもらえないということだろうか。

そんなことを考えている昌浩を、いつものように楽しそうな面持ちで眺めていた高淤の神は、ふいに瞼《まぶた》を震《ふる》わせた。

瑠璃《るり》の双眸《そうぼう》から笑みの色が失《う》せ、最奥《さいおう》まで見抜《みぬ》こうとするような険しさがにじむ。

彼女の表情の変化に気づいた紅蓮は、内心で舌を巻いた。さすが、この国で五指に入る天津《あまつ》神《かみ》。一瞥で見抜いたか。

彼女がどう反応するか、実は紅蓮はそれが一番気がかりだった。

清濁併《あわ》せ呑《の》むのが陰陽師だが、この神は、昌浩の澱《よど》みのないところを特に好んでいた節がある。それが失われたわけではないが、道反に赴《おもむ》く前とは決定的な違いがあるのもまた事実だ。

自分に注がれる神の視線に居心地《いごこち》の悪さを感じて、昌浩の顔が少し強張《こわば》った。訝《いぶか》るような眼差しを向けるが、言葉を発することはためらわれる。

しばらく沈黙《ちんもく》したまま雨に打たれる昌浩と紅蓮だ。

息詰《いきづ》まるような緊迫《きんぱく》した雰囲気《ふんいき》の中で、昌浩は妙《みょう》な苦しさを感じていた。呼吸がしづらい。

鼓動が少しずつ速度を増している。神の視線には言い表せない力が宿っているものだ。

気圧《けお》されている昌浩の背をちらと見やり、紅蓮が口を開いた。

「――高龗神、どうされた」

小さな背中が、目に見えてほっとした。雨音と濁流の音だけが響く神域は、凄《すさ》まじい圧迫感《あっぱくかん》を与《あた》えてくる。

貴船の祭神は紅蓮に目を向けた。双眸がきらりと光る。紅蓮はその視線をまっすぐに受けた。

「……………もはや、がんぜないとは、呼べんな」

厳《おごそ》かな声音につづき、神は口端《こうたん》を吊《つ》り上げた。

「神よ、それは…」

高龗神が右手を上げて紅蓮を制する。紅蓮は仕方なく押し黙った。

「だが、腹が据《す》わったな。これはこれで面白い」

言葉のとおり、貴船の祭神は楽しげだった。それまであった険しさは、ぬぐい去られたかのようだ。

昌浩は、我知らず息を吐《は》き出した。自覚はなかったが、どうやら神の視線に恐《おそ》れを抱《いだ》いていたものらしい。

まるで、何もかもを貫《つらぬ》き通すような、苛《か》烈《れつ》でいて冷徹《れいてつ》な眼差し。

神には幾《いく》つもの顔があり、幾つもの魂《たま》がある。この神が昌浩にいままで見せていたのは、和《にぎ》魂《みたま》である場合が多かった。しかし、いま一瞬《いっしゅん》だけ垣間見《かいまみ》えた、あれはおそらく荒魂《あらみたま》だ。

「さて、安倍《あべ》の子どもよ。いま一度問うぞ。このような雨夜に、何用だ」

水を向けてもらったので、昌浩は言葉を選びながら口を開いた。

「実は、この雨のことで、伺《うかが》いたいことがあります」

「雨の、こと？」

高龗神の表情が、すっと引き締《し》まった。それまで立てた膝に肘《ひじ》をのせていた神は、膝を寝《ね》かせて肘をつく。

「長雨続きで、鴨川の堤《つつみ》が破れたとのことです。考えてみると、葉月に入ってからずっと、晴れ間が覗《のぞ》いたことがありません」

貴船の祭神は沈黙している。昌浩は促《うなが》されていると判断してつづけた。

「高淤の神は雨を司る龍神ですから、この空模様がいつまでつづくものかを、お答えいただければと思いました」

一旦《いったん》言葉を切って、昌浩は神を見つめた。高淤はその視線を受けて瞬きをする。

「――――司るといっても、この世すべてに我が力が及《およ》ぶわけではない」

口を開いた彼女の言葉に、昌浩は頷《うなず》いた。

「そうなのかもしれませんが……、都一帯に降る雨だけでも、止めることはできませんか。このままだとたくさんの人が困ることになりますし…」

堤が破れれば都に水が流れ込む。いまはまだそれほどひどい状況《じょうきょう》ではないようだが、このまま雨がつづけば決壊《けっかい》が進み、濁流《だくりゅう》は容赦《ようしゃ》なく都に襲《おそ》ってくるだろう。ただでさえ雨で地盤《じばん》がゆるんでいるところに川の水が押し寄せてくれば、被害甚大《ひがいじんだい》になることは必至だ。特に水はけの悪い右京には大問題だろう。

高淤は、感情の見えない面持《おもも》ちで口を開いた。

「だが、それはあくまでも、人間の都合だな」

「う……そう、です」

窮《きゅう》して、昌浩はうつむいた。神の言うとおりなので、それ以上の口上が出てこない。

黙《だま》りこんだ昌浩に、高龗神は淡々《たんたん》と言い渡《わた》す。

「雨を降らせるのも天意、止《や》ませるのも天意だ。雨を司るといえど、天意に背《そむ》くことはできぬ」

すべては大いなる天の意思。神とてそれに従う義務を持っている。

神は万能《ばんのう》ではないと、それは高龗神自身が以前口にした言葉だ。

そうなんだよなぁと、昌浩はそっと息をついた。

「はい。申し訳ありませんでした」

頭を下げる昌浩に、高淤は気にした風もなく頭《かぶり》を振《ふ》った。

「子ども。用件はそれだけか」

「あ、ええと。出雲《いずも》から戻って、一度もご挨拶《あいさつ》に伺っていなかったので、それもあります」

正直に言った昌浩に、高龗神は小さく笑った。

「お前は本当に面白いな」

「そう、ですか？」

胡乱《うろん》に首をひねる昌浩に頷いて、貴船《きふね》の祭神は目許《めもと》を和《なご》ませる。

「安倍《あべの》晴明も、道反から戻ってすぐに、なにやらやつれきった風情《ふぜい》で顔を見せたが」

それまで黙然《もくぜん》と控《ひか》えていた紅蓮は、眉間《みけん》にしわを寄せた。

おいこらちょっと待て。それは、あんたが晴明を御先《みさき》にしたおかげで出雲は道反《ちがえし》まで出向くはめになった上、命がけで常識はずれの招神術を使って精根《せいこん》尽き果てた状態に陥《おちい》り、挙げ句の果てには青龍《せいりゅう》と天后の凄まじい説教を受けたからだ。諸悪の根源はあんただろうが。

身勝手で理不尽《りふじん》なのが神なのだが、だからといって納得《なっとく》できるものではない。

文句のひとつも言ってくれようかと口を開きかけた紅蓮は、高龗神のまとう、いやに緊迫した神気を認めた。

「…………」

それは、言うなれば直感だ。紅蓮とて神の末席に連なる身である。

怪訝《けげん》に眉《まゆ》をひそめる紅蓮の視線に気づいた高淤は、ついと目を細めて言った。

「安倍晴明に伝えておけ。お前の従える神将、道反から戻《もど》るのはいつになるのかと」

「……それは、構わないが…」

貴船の祭神が何を言い出すのかと構えていた紅蓮は、拍子抜《ひょうしぬ》けした様子で頷いた。彼に向けられた瑠璃の双眸が、不穏《ふおん》な瞬きを見せた。

「できるだけ早く揃《そろ》えておけ。……手は多いほうがいいだろう」

「高龗神？」

彼女の意図が摑《つか》めない。訝しさを隠《かく》さない紅蓮から昌浩に目をやり、貴船の祭神は立ち上がった。

「雨足は激しさを増す。そろそろ帰るがいい」

天を仰《あお》いで、彼女は小さくひとりごちた。

「……止める努力は、してみよう」

その呟《つぶや》きは、雨音にまぎれて昌浩の耳には届かなかった。

「ありがとうございました」

頭を下げる昌浩を一瞥《いちべつ》し、高龗神はかすかに笑う。そして、険しい表情の紅蓮を一瞬見返し、意味ありげに目をすがめた。

白銀の光を帯びた高淤の肢体《したい》がふわりと飛翔《ひしょう》する。長大な龍身が天に昇《のぼ》り、雲間に消えた。

「…………」

紅蓮の双眸《そうぼう》が、鋭利《えいり》に輝《かがや》いた。

昌浩には聞こえなかったが、高淤の最後の呟きは、神将である紅蓮の聴覚《ちょうかく》にはっきり捉《とら》えれた。

「どういう、意味だ…？」

高淤の消えた空を剣呑《けんのん》に睨《にら》んでいる紅蓮を置いて、雨をよけるように手をかざした昌浩が身を翻《ひるがえ》して歩き出す。

水溜《みずた》まりというより、既《すで》に浅い池のようになっている境内《けいだい》の、かろうじて残っている地面を選んで足を運びながら、振り返った。

「紅蓮、帰るよー？」

「あ、ああ…」

ひょいひょいと、水溜まりをよけて飛び跳《は》ねるようにしている昌浩に返事をして、紅蓮はもう一度天を仰いだ。

止める努力はしてみよう、と。それは、努力をしても、止められるかどうかわからない。いや、止められない確率のほうが高い、ということではあるまいか。

雨を司《つかさど》る龍神に、そう言わせるこの雨とは、いったい。

道反に残る同胞《どうほう》たちの帰還《きかん》を気にかけていた。あれは、一刻も早く神将たちを呼び戻せという意味なのではないだろうか。

雨が、水溜まりと地表を叩《たた》いている。

「ぐれーん、行くよー？」

門をくぐりかけた昌浩が振り返って彼を呼んだ。

しかし紅蓮は、龍神の消えた空を睨んだまま、しばらくそこを動かなかった。

雨音が響《ひび》く中、僅《わず》かな風が燈台《とうだい》の炎《ほのお》を揺《ゆ》らめかせた。

蔀《しとみ》を上げたままではそろそろ肌寒《はださむ》い。湿気《しっけ》を含《ふく》んだ重い風の涼《すず》しさに、安倍晴明は手近にあった袿《うちぎ》を引き寄せた。

書に目を通していたのだが、つい没頭《ぼっとう》してしまった。塗籠《ぬりごめ》に積んであった書物を出してきて、近年の気象の記録を追っていたのだ。

鴨川の堤が決壊したという報《しら》せだ。そして、雨雲の動きを読むようにとの、左大臣道長《みちなが》からの命文もある。

明日には晴明の見立てを道長に奏上しなければならないだろう。陰陽寮《おんみょうりょう》にも同様の指示が下っているだろうが、それはそれ。

いつの間にか点《とも》されていた燈台は、天后か玄武の心遣《こころづか》いによるものだろう。主《あるじ》の邪魔《じゃま》をしないよう、音も立てずそっと用意してくれたものらしい。

隠形《おんぎょう》したまま火を点している姿を想像し、晴明は小さく笑った。徒人《ただびと》が見たらさぞかし奇異《きい》な光景だったろう。神将たちが完全に隠形してしまうと、晴明でもその姿を捉えることは容易ではない。なんとか輪郭《りんかく》を捉えることができるのは、当代一の見鬼《けんき》と評される彰子くらいではないだろうか。

下がった御簾《みす》が揺れる。水気があまり強くなると、所持している書物が湿気を含んでしまう。晴れ間が覗《のぞ》けば陰干《かげぼ》しもできるのだが、空模様を読む限りでは、当分雲は切れないだろう。雨が続くと気が滅入《めい》る。

息をついて書を閉じ、別の書物に手をのばしかけた晴明は、燈台の灯《あか》りが届くぎりぎりの壁《かべ》に寄りかかる、長身の影《かげ》に気づいた。

闇《やみ》をとかしたような漆黒《しっこく》の衣《ころも》。いつからそこにいたものか。完全に気配を断《た》っている。風で燈台の炎が震《ふる》えた。それまでなかった影が、炎の動きに合わせて踊《おど》る。

「…………」

腕組《うでぐ》みをした相手に向き直り、居住まいを正した老人は一礼した。

「ご無沙汰《ぶさた》しております」

開口一番の台詞《せりふ》に、その男は黙《もく》したまま、口端《こうたん》を片側だけ吊《つ》り上げた。

返答を期待してはいなかったので、晴明は淡々《たんたん》とつづける。

「来訪に気づかず、失礼を致しました。書に没頭していたとはいえ…」

「気配を断っていたからな。お前では、捉えられるはずもなかろうよ」

晴明は瞬《まばた》きをして、青年を凝視《ぎょうし》した。

その相貌《そうぼう》を直視するのは、かなり久方ぶりだ。何しろ相手は滅多《めった》に人界に出没《しゅつぼつ》しない。神出鬼没という表現は、この男のためにあるものだと晴明は思っている。

もっとも、それをもし昌浩が聞いたら、離魂術《りこん》を使ったじい様だってそうだと断言するに違《ちが》いないが。

最後に見たのは、あの境界の岸辺にたたずんでいた後ろ姿。

肩《かた》を震わせて泣いた妻の面差《おもざ》しが脳裏《のうり》に甦《よみがえ》り、晴明は瞼《まぶた》を伏《ふ》せた。あれはいまも待っている。

「川岸の…」

言いかけた晴明を、青年は片手をあげて制した。

「あれは相変わらずだ。息災といえば息災。……生者でない者に息災というのもおかしな表現だな」

「そうですか」

「牛頭《ごず》と馬頭《めず》が様子を見に顔を出すたび、本気でおののいて震えている。いい加減慣れろと言ってやれ」

いささか辟易《へきえき》した様子の青年の口ぶりがおかしくて、晴明は小さく笑った。それを見咎《みとが》めた青年は不機嫌《ふきげん》そうに目をすがめる。

「お前がのうのうと生きながらえているからこんなことになっているんだ。さっさとくたばって川を渡《わた》れ」

「それは、できかねます。いかに冥府《めいふ》の官吏《かんり》の要請《ようせい》といえど、私にはまだまだせねばならないことが山積みですので」

「では、それらを迅速《じんそく》に片づけろ」

ぴしゃりと言い放つ冥府の官吏と晴明は、顔馴染《かおなじ》みといえば顔馴染みになる。晴明が十二神将を式に下した直後、最初の遭遇《そうぐう》を果たした。

「天命まではなんとか」

澄《す》ました顔で飄々《ひょうひょう》と返す。

晴明にとっては最悪の遭遇だった。いまも鮮《あざ》やかに思い起こすことができるが、それはもう。はらわたが煮《に》えくり返るとは、あれのことを言うのだろう。事実、あれ以上の激昂《げっこう》を、そういえば感じたことはない気がする。

心中でしみじみと回想《かいそう》していた晴明の表情からそれを読んだのか、冥官は腕組みをしたまま老人を睨んだ。

冥府の官吏は、青年の姿をしている。二十歳《はたち》か、二十代半ばといったところだ。肩につかない短髪は漆黒。十二神将たちに匹敵《ひってき》するほど端整《たんせい》で精悍《せいかん》な面差しと、闘将《とうしょう》たちに引けを取らない長身。常に墨染《すみぞめ》の衣をまとって、夜闇に乗じてごくごくたまに現れる。

「出雲《いずも》の地で、一波乱あったようだな」

冥官は唐突《とうとつ》に話題を変えた。

晴明は瞬きをして、驚《おどろ》きを隠《かく》さずに青年を見上げた。

「よく、ご存じでいらっしゃる…」

「俺を誰だと思っている」

安倍晴明に対してこんな台詞を言ってのける者は、そうそういないだろう。実際彼はあらましを見通していてもおかしくない存在だ。

「なんとかけりはつけたようだが、………詰《つ》めが甘いぞ、安倍晴明」

「は……?」

胡乱《うろん》に眉根《まゆね》を寄せる晴明から視線を滑《すべ》らせ、部屋の隅《すみ》に据《す》えられた厨子《ずし》を一瞥した。

その視線に気づき、晴明も同じように厨子を顧《かえり》みる。中にしまってあるものをひとつひとつ思い出し、晴明は軽く目を瞠《みは》った。

そんな晴明を見ていた冥官は、形の良い唇《くちびる》に不敵な笑《え》みを乗せた。

「ようやく気づいたか」

晴明の表情が険しいものに変わる。立ち上がりかけた老人を、冥官は再び制した。

「僅かなほころびだ。よほどのことがなければ、大概《たいがい》のものは見過ごす」

「……私を筆頭に、誰も気づいておりませんでした」

渋面《じゅうめん》で唸《うな》る老人に、青年は諭《さと》すように言った。

「聞こえなかったのか。大概のものは見過ごす。お前とて人の子、そしてお前の従える十二神将も、完全無欠ではない」

一呼吸区切り、冥官は言い添《そ》えた。

「人であることをやめるのならば、話は別だがな。だが、お前はそれを望まなかった、違《ちが》うか」

彼の声音《こわね》は穏《おだ》やかだ。穏やかだからこそ、胸の奥《おく》まで忍《しの》び込んで、重い陰《かげ》を落とす。

「……はい」

晴明はうつむき、唇を噛《か》んだ。

この邸《やしき》を取り囲む結界。それに、ほんの小さなほころびができていた。この青年に指摘《してき》されるまで、晴明も、神将たちも気づいていなかった。

認識《にんしき》した上で、いったいいつそのほころびができたのかを探《さぐ》れば、はっきりとする。

「当代一の陰陽師《おんみょうじ》が成した結界を、ほんの僅《わず》かでも破るとは、大したものだ。……人間の力ではないのだから、それもまた道理」

晴明の視線が青年の相貌に向けられる。冥官は、楽しそうに目を細めていた。

「それは使えそうだな。役に立つ代物《しろもの》だ、しばらく持っておけ」

「いったい何に使うと申されますのか」

「使うときがくればわかる。使わずに終わるかもしれん。どう動くかは、天のみぞ知る」

厨子から蔀《しとみ》に視線を投じ、青年の目許《めもと》に険がにじんだ。

「……人界は雨つづき、か。嫌《いや》な雨だ」

「官吏殿《どの》？」

「これは天意に背《そむ》く雨。さだめに反した命があるのを、天が律しようとしている」

淡々と告げられた台詞は、とても重い言霊《ことだま》をはらんでいた。

晴明に背を向けて、青年は静かにつづけた。

「それは、冥府の条理を外れている。ゆえに俺が手を出すことはない。――安倍晴明」

静かな声音だったが、晴明の全身に緊張《きんちょう》が駆《か》け抜《ぬ》けた。

内包している力を抑《おさ》え込み、まるで影のようにたたずむ男は、そのひとことだけで稀代《きたい》の大陰陽師と呼ばれる老人を畏縮《いしゅく》させることができるのだ。

「天意を読め。そして、道を正せ」

「道、とは……」

ようやく発した問いは、強張《こわば》って硬《かた》い。

肩越《かたご》しに老人を顧みた青年は、薄《うす》く微笑《びしょう》した。

「ほう、お前でも恐《おそ》れるか」

「人の子は、恐怖《きょうふ》を知っているのです」

「ならば、その恐れなどぬぐい去れ。人は脆《もろ》いが、恐れを知った上で培《つちか》う強さは、何ものにも勝《まさ》る。それはときに、神をも凌駕《りょうが》するものだ」

そうして青年は、肩をすくめた。

「どうやらしゃべりすぎた」

音も立てずに移動し、妻戸《つまど》に手をかける。

「十二神将たちにも気づかれたようだしな」

妻戸を開けた途端《とたん》、雨の気配がわっと流れ込んでくる。晴明が見ている前で、青年の姿は雨に紛《まぎ》れるようにしてすうっと消えた。

それまで肩に力が入っていたことに気づいて、晴明はほうと息をついた。全身が不必要に緊張していたことを、自覚する。

《――――晴明》

気配が降り立ち、長身の影《かげ》が幾《いく》つか顕現《けんげん》する。十二神将青龍と白虎《びゃっこ》、そして朱雀だ。

開け放された妻戸を睨《にら》み、青龍が低く唸った。

「いま、ここに…」

「ああ、たったいま去っていかれたところだ」

青龍の眉間《みけん》にしわが刻まれる。

なぜ自分たちを呼ばなかったと、剣呑《けんのん》な双眸《そうぼう》が訴《うった》えてくる。

晴明はこめかみの辺りを掻《か》いた。呼んでも良かったのだが、呼べば呼んだで無駄《むだ》な口論が起こるのが目に見えていたのでそうしなかったのだ。

青龍とあの御仁《ごじん》は相性《あいしょう》が悪い。青龍と、というより、神将たちと、と言ったほうが正しいだろう。もっとも、自分とて若く血気盛んだった頃《ころ》は、それはもう大嫌《だいきら》いだった。歳を重ねてみれば、ああなるほどということが多いので、いまはそれほどでもない。それに、どう転んでもかなわない相手に、躍起《やっき》になって噛み付いても無駄だ。返り討《う》ちにあうと自分が向けた攻撃《こうげき》が何倍にもなって跳《は》ね返ってくる。

「いったい何の用があって、わざわざ…」

胡乱に呟《つぶや》く朱雀に、晴明は立ち上がって妻戸の前に移動した。そのまま簀子《すのこ》に出ると、水気の満ちた風が全身を撫《な》でていく。

すっかり陽《ひ》も落ち、辺りは闇《やみ》だ。

そういえばまだ昌浩と物《もの》の怪《け》が戻《もど》っていない。どこで油を売っているのだろう。

そんなことを考えながら、邸を囲む結界の様子を探る。

「晴明？」

主を追って出てきた白虎が怪訝《けげん》そうに首を傾《かたむ》けた。朱雀と青龍がそのあとにつづき、主《あるじ》の行動を胡乱な顔で見ている。

目を閉じていた晴明は、しばらくしてから瞼《まぶた》を上げて、息をついた。

「……あとで礼を言わねばならんな」

「誰にだ。まさか、冥府の官吏か」

険のある低い問いは青龍のものだ。頷《うなず》いて、晴明は険しい面持《おもも》ちをした。

「左様。――この地を囲む結界を、帰りがけに修復してくださったようだ」

神将たちが息を詰める。彼らを見て、晴明は苦笑《くしょう》した。

「お前たちだけではない。わしも見過ごしていた。……大蛇《おろち》の力は凄《すさ》まじい」

晴明の呟きに、神将たちはすっと表情を消して押し黙《だま》った。

4

車之輔が都に戻ったのは、戌《いぬ》の刻に入る間際《まぎわ》だった。

空はすっかり暗くなっている。雨のせいで日暮れが早いのだ。

昌浩は自分に暗視の術をかけているので夜目はそれなりにきくのだが、それでもあまり暗すぎるよりは、月影や星影があったほうがいい。

雨で道がぬかるむので、貴船《きふね》からの帰り道はいつもより時間がかかった。車之輔は必死で走るのだが、途中《とちゅう》で何度か溝《みぞ》にはまって、そこを抜け出すのに手間取ったのだ。

車之輔が自力で何とか溝を抜けられる場合もあるのだが、泥沼《どろぬま》のようになってしまった道で往生することもある。

そういうときは、手伝うために車中から降りようとする昌浩を制し、ため息をついた物の怪が、本性《ほんしょう》に戻って後ろから押してやる。

車之輔は、それはもう恐縮《きょうしゅく》しきりで、ひたすら詫《わ》びてきた。

もっ、申し訳っ、申し訳ありません…！　やつがれが、やつがれがふがいなく溝に輪を取られてしまったばかりに、恐れ多くも式神様にそのようなことをさせてしまうとは、一生の、一生の不覚……っ！

輪の中央に浮《う》いている鬼《おに》の目から滝《たき》のような涙《なみだ》を流し、懸命《けんめい》に輪を高速回転させる車之輔を押しながら、紅蓮は半ば子守《こもり》をする気分だった。

「わかったわかった、そら、押すぞ」

は、はいっ。せーのっ。

がたたんっ。

ようやく溝を抜け、車之輔はばたばたと泣きながら紅蓮を振《ふ》り返る。

ああっ、ありがとうございます、ありがとうございます式神様っ！

本性から変化した物の怪は、前足を振って車之輔をなだめた。

「いや、まあいいから。ほれ、急ぐぞ」

心配した昌浩が後簾《あとすだれ》をあげて顔を出す。

「もっくん、車之輔、大丈夫《だいじょうぶ》？」

「ああ、お前は出るなよ。風邪《かぜ》でも引いたらことだ」

そうです、ご主人。出てきてはなりません。

昌浩には物の怪の声しか聞こえないが、車之輔もおそらく同じように自分の身を案じてくれているだろうと考えて、双方《そうほう》に返事をする。

「うん。ふたりともありがとう」

物の怪が乗り込むのを待って走り出した車之輔は、慎重《しんちょう》に慎重に足場を選んで走る。

泥沼のようになっている道を回避《かいひ》して、結局大回りをすることになってしまった。

西大宮大路《にしおおみやおおじ》から都に入ると、そこからはなんとか普通《ふつう》に走れる程度の水溜《みずた》まりしかない。

車之輔はほっとしながら一条大路を東に向かう。

物見の窓から外を見た昌浩は、雨に煙《けむ》る闇の向こうに大内裏《だいだいり》の築地塀《ついじべい》を捉《とら》えた。

「……車之輔、ちょっと停《と》まってくれ」

車之輔ががったんと音を立てて停まる。昌浩はそのまま前簾を上げて飛び降りた。

「昌浩？」

驚《おどろ》いた物の怪が追いかけてくる。昌浩は轅《ながえ》をくぐりながら物の怪を振り返った。

「ちょっと、内裏が気になるんだ」

瞬《まばた》きをした物の怪は、遠方に見える大内裏の築地塀に目をやった。

ここからは当然内裏は見えない。だが、内裏上空の空は見える。

夕焼けの瞳《ひとみ》がきらめいた。

雨雲に覆《おお》われた空。そこから内裏までの空間が、奇妙《きみょう》な渦《うず》で歪《ゆが》んでいるようにも見えた。

昼間見たよりも、それは色濃《いろこ》くなっているようだ。

車之輔の近くに立って、昌浩は呼吸を整えた。胸の辺りに手を当てて、目を凝《こ》らす。

昌浩の見鬼《けんき》の才は、失われて久しい。それを補うための出雲石《いずもいし》の玉を、匂《にお》い袋《ぶくろ》とともに首から下げている。

衣《ころも》の上からそれを握《にぎ》るようにして、昌浩は目をしばたたかせた。

出雲で、瀕死《ひんし》の状態で川に落とされて、匂い袋の香《かおり》はすっかり消えてしまった。無理もない。

帰京してからそのことを詫びた昌浩に、彰子は首を振って笑ってくれた。

大事にしてくれてありがとう。

ぼろぼろになった匂い袋を、両手でそっと包み込むようにしながらそう言った彼女を、昌浩は一瞬《いっしゅん》正視できなかった。

いま、昌浩が下げている匂い袋は、彼女が新しく作ってくれたものだった。

貴重な伽羅《きゃら》の香は、どうやら晴明を通じて道長が贈《おく》ってくれたらしい。何かの報酬《ほうしゅう》として晴明に渡《わた》した物の中に、伽羅が入っていたということだった。

晴明自身も香は使用する。主に、破邪退魔《はじゃたいま》のために。香を術に使用するので、使うときは惜《お》しげもなくがんがん焚《た》くのだが、消費量が激しいので、もっぱら白檀《びゃくだん》か、奮発しても沈香《じんこう》だ。それも、沈香を使用するのは、報酬の桁《けた》が違《ちが》う大貴族が相手の時のみで、伽羅など高価すぎて術には絶対使わない。

一生会うことはないだろうと思われるが、それでも道長は彰子のことを常に心にかけている。

晴明と会えばそれとなく様子を聞いてくる。

ここのところ体調が優《すぐ》れなかったが、隠《かく》しておくわけにもいかないのでそれを報《しら》せたところ、高価なお菓子《かし》や滋養《じよう》のあるものを、晴明の見舞《みま》いにかこつけて贈ってよこしていた。

もちろん道長は、入内《じゅだい》した中宮《ちゅうぐう》にも同じくらい、否《いな》、それ以上の心配りを見せている。

それは昌浩のような地下人《じげにん》の耳にも入ってくるほどで、彰子もほっとしている様子だった。

道反《ちがえし》の丸玉は、数が増えた。最初はひとつだったのだが、天狐《てんこ》の力を抑《おさ》えきれずに何度も何度も砕《くだ》けてしまったことを受け、いまは直径二分ほどの六つの碧《あお》い丸玉と、真ん中に赤い勾玉《まがたま》がついた首飾《くびかざ》りだ。その玉を通しているのは黒い糸で、なんでも道反の巫女《みこ》と、その娘《むすめ》である風音の髪《かみ》を縒《よ》り合わせたものなのだそうだ。

道反を出立《しゅったつ》する際に巫女から渡されて、それ以来昌浩はずっとそれを身につけている。

あれから変事というものは特になかったので実感はあまりないが、いままでの丸玉よりずっと強く、昌浩の失われた力を補足し、天狐の血を抑制《よくせい》してくれているようだった。

これがなければ昌浩は人外のものを視《み》ることができないから、大切だ。首から下げるのではなくて、腕《うで》に巻きつけようかとも思ったが、衣の袖口《そでぐち》から見えてしまうのでやめた。見えるところにあったほうが確認《かくにん》ができていいと思ったのだが、なかなかうまくいかないものだ。

「昌浩よ」

胸の辺りを押さえて考え込んでいた昌浩は、その声に引き戻された。

昌浩の足元で、物の怪《もののけ》が直立している。前足を目の上にかざして、遠くを見はるかす様相だ。

「内裏が気になるのはいいが、どうするんだ。衛士も舎人《とねり》もいるし、そうそう簡単には入れないだろう」

「うーん、そうなんだよなぁ…」

頭の後ろを掻《か》くようにして、昌浩も困った顔をする。いまの昌浩は出仕《しゅっし》する際の正装ではないので、大内裏に入ることも躊躇《ちゅうちょ》してしまう。

「なんとか入りたいんだけど……」

こういうとき、水将の玄武か風将のふたりがいてくれると、助かるのだが。玄武は水を介《かい》しての移動が可能だし、風将のふたりに風で運んでもらえば、闇《やみ》に紛《まぎ》れて内裏に降りることは容易だ。

「一旦邸《いったんやしき》に戻《もど》って、白虎か玄武に頼《たの》むのが早いんじゃないのか。急がば回れとも言うことだし」

物の怪の提案に、昌浩は腕組みをした。

「やっぱりそうかなぁ。でもなぁ、一度戻ったら、そのまま出たくなくなりそうなんだよなぁ」

何しろこの雨だ。帰邸《きたく》したら髪を拭《ふ》いたり着替《きが》えたりをすることになって、そうすると絶対に出たくなくなる。かけてもいい。

昌浩のその気持ちはわかるので、物の怪としても強くは言えない。物の怪とて、昌浩を早く邸に帰したいのである。

どうしたものかと思案していた昌浩と物の怪は、ふいに風を感じた。

それまでの風とは、向きも流れも違《ちが》う。そこにはらまれているのは神気だ。

物の怪が天を振り仰《あお》ぐとほぼ同時に、野太い声が降ってきた。

「騰蛇と昌浩、そんなところで何をしている」

「白虎。…と、玄武も一緒《いっしょ》か」

目を丸くする物の怪の視線を追った昌浩も、白虎と玄武を認める。

風をまとって空を滑《すべ》ってきたふたりは、昌浩たちの前にひらりと降り立った。

昌浩と物の怪を白虎の風が包み込む。落ちてくる雨滴《うてき》を神気の風が弾《はじ》いてくれる。次に、ずぶ濡《ぬ》れだったふたりの体から、水分が吹《ふ》き飛ばされた。これは玄武の神気によるものだ。

冷え切っていたので神将たちの心遣《こころづか》いがありがたい。

「ありがとう、ふたりとも」

「気にするな。それよりも、早く戻らないと彰子姫《ひめ》や晴明が心配するだろう」

白虎の言葉に玄武が頷《うなず》く。

「特に、姫はお前の部屋で待っていたぞ。昌浩よ、お前今夜は早く戻ると姫に告げたそうではないか」

あまり感情のこもらない玄武の声音《こわね》は淡々《たんたん》としているのだが、それが逆に重く響《ひび》く。

昌浩はうっと詰《つ》まって難しい顔をした。確かに、出がけにそう言ってきた。

「濡れたままでは体にも障《さわ》りが出るだろう。お前は俺たちとは違って脆弱《ぜいじゃく》な人間だ。己《おの》れを過信すると、手痛い目にあうぞ」

滔々《とうとう》と語る白虎を上目遣いに見上げて、昌浩はふと瞬きをした。

「あのさ、白虎」

「ん？」

念のため辺りを一旦見回して、昌浩はつづけた。

「ずっと見てないけど、太陰は？」

しばらく太陰の姿を見ていないのだ。道反から晴明とともに先に帰京して、昌浩たちが戻ったのは数日遅《おく》れだった。

基本的に太陰や白虎たちは晴明のそばに隠形《おんぎょう》するか、異界に留《とど》まっており、必要なときだけ顕現《けんげん》するので、顔を合わせない日がつづいても不思議ではない。が、それにしても、ずっと姿を見せていないのだ。

「じい様のところにもいないみたいだし、彰子もしばらく会ってないって言ってたし……」

白虎と玄武は一瞬《いっしゅん》互《たが》いを見交《みか》わし、意味ありげな目をした。それを見た物の怪が、あらぬかたを眺《なが》めやる。

「え？　なに？」

訝《いぶか》る昌浩に答えたのは白虎だった。

「……あれはいま、天空《てんくう》の翁《おきな》や太裳の許《もと》にいてな」

天空と太裳がいるのは異界の一角だ。確か。

白虎のあとを、重々しい口調で玄武が引き継《つ》いだ。

「もうしばらくしたら、立ち直ってくるやもしれん。……そのときは、あたたかく迎《むか》えてやることを我は提案する」

「え？　なに？　太陰、どうしたんだ？　もっくん、わけ知ってる？　何かあったのか？」

矢継ぎ早《ばや》に疑問を浴びせてくる昌浩に、物の怪はひとしきり唸《うな》ってから答えた。

「何かあったというか……聞いたというか……まぁ、なんだ、原因は晴明、というか、高龗神がそもそもの発端《ほったん》、というか……」

「は？」

頭の中で疑問符《ぎもんふ》が踊《おど》っている昌浩に、白虎が訥々《とつとつ》と告げた。

「色々あって、あれはいま、己れの殻《から》に閉じこもっている」

「おのれの、から…？」

数日遅れで帰京した白虎と玄武が見たのは、泣くでもなくわめくでもなく、異界の天空の傍《かたわ》らで、ひたすら膝《ひざ》を抱《かか》えてうつむいている同胞《どうほう》の姿だった。

聞けば、青龍と天后からこっぴどく説教されたらしい。晴明が釈明《しゃくめい》したそうなのだが、晴明も悪いが押し切られたお前も悪い、ということになったらしい。

「……それは…」

二の句の継げない昌浩の背筋を、薄《うす》ら寒いものが撫《な》でていった。

どんな説教だったのか、想像して余りある。ふたりとも、手をあげるようなことは決してしないはずだ。しかし、青龍と天后のふたりがかりでやられたら、滅多《めった》にめげない太陰だってそりゃあ参るだろう。

出雲《いずも》で自分とともに必死で戦ってくれた少女の姿を思い出し、昌浩の胸は痛んだ。日常に追われて、姿の見えない太陰を思いやれなかった。

肩《かた》を落とした昌浩の表情からそれを読んだ一同は、気にすることはないという様子で口々に言い募《つの》る。

「昌浩、あまり気に病《や》むな。太陰には打たれ弱いところがあるのだ」

「それに、晴明の体のことを考えれば、青龍たちの言い分ももっともだしな」

「それよりも、お前、結局内裏《だいり》のことはどうするんだ」

話題を変えた物の怪の台詞《せりふ》に、白虎と玄武が怪訝《けげん》な顔をする。物の怪がふたりに説明すると、困惑《こんわく》したようだった。

「それは……すまん。我らは晴明の命で行かねばならぬ場所があるのだ」

悄然《しょうぜん》と詫《わ》びてくる玄武のあとを白虎が引き取った。

「鴨川《かもがわ》の堤《つつみ》が決壊《けっかい》したというだろう。それを確認するようにとな」

「ああ…」

ふたりの言葉に、昌浩と物の怪は声を上げた。晴明のところにも、もう報告がいったのか。

晴明の命令が優先事項《じこう》だ。ふたりの力を借りるわけにはいかない。

昌浩は息をついた。

「そっか。じゃあ、自分でなんとかしてみる」

「なんとか、て、どうするんだよ」

胡乱《うろん》に首を傾《かたむ》ける物《もの》の怪《け》に、昌浩は窮《きゅう》して黙《だま》り込む。口ではそう言っているが、どうにかなるわけはない。

呆《あき》れた物の怪が口を開きかけたとき、頭上から声が響いた。

「昌浩、見つけた」

驚《おどろ》いて振《ふ》り仰ぐと、太陰と朱雀が風をまとって浮《う》いていた。

「太陰、朱雀」

目を丸くした物の怪を見て、太陰の表情が強張《こわば》る。そのまま朱雀の背後に隠《かく》れるようにしながら降下してきた。彼女の態度に物の怪は気づいたが、仕方のないことなので瞬《まばた》きをひとつしただけで何も言わない。白い尻尾《しっぽ》をぴしりと振って、なるべく距離《きょり》を取るようにさりげなく移動した。

物の怪の何気ない所作を認めた朱雀は、軽く目を瞠《みは》った。ちらと白虎に視線をやると、壮年《そうねん》の同胞は無言で頷く。朱雀もそれに小さく頷き返し、仄《ほの》かに目許を和《なご》ませた。

「朱雀、太陰も、どうしたんだ」

本気で驚いている昌浩に、答えたのは朱雀だった。

「お前の帰りが遅《おそ》いことを姫が案じていたのでな。久しぶりにこちらに出てきた太陰とともに、捜《さが》しに出向いてきたというわけだ」

「そ、そう。朱雀に言われて…。彰子姫にも、頼《たの》まれて……」

だんだん声が小さくなっていく同胞の頭をよしよしと撫でてやり朱雀が苦笑《くしょう》気味に笑う。

「さっきからずっとこの調子だ。だから、気分転換《てんかん》もかねてな」

朱雀の衣《ころも》にしがみつくようにして顔を隠してしまった太陰の頭を、昌浩もそっと手をのばして撫でた。

昌浩が最後に見たのは、通力をほぼ完全に使い果たした、満身創痍《まんしんそうい》の姿で。

あのときのような危《あや》うさはもうない。物の怪に対してどうしても萎縮《いしゅく》してしまうようだが、それも少しずつ時間が解決してくれればいいと思う。

実際のところ昌浩には、太陰がここまで物の怪を、紅蓮を恐《おそ》れる理由が、あまりよくわからない。

叱《しか》られれば怖《こわ》いとは思うが、それは自分に非があったからであって、紅蓮に対する恐《おそ》れという形には結びつかないのだ。

十二神将騰蛇が最強だというのは、出雲での対大蛇《おろち》戦で思い知ったが、最凶《さいきょう》だといわれると、実は戸惑《とまど》う。怖いと思ったことはないし、これからもおそらくないだろう。

「あのさ、太陰。ちょっと頼みがあるんだけど」

覗《のぞ》きこむようにすると、太陰はそろそろと顔をあげて昌浩を上目遣《うわめづか》いに見た。

「なに？」

夏の陽射《ひざ》しのような明るさと豪快《ごうかい》さが印象強い太陰なのだが、いまの彼女はしおれかけた夏草のようだ。ぎこちない表情は沈《しず》んで見える。

彼女に元気がないと、なんだか調子が出ない気がする昌浩だった。

「俺ともっくんを内裏まで運んでほしいんだ」

物の怪の名を聞いて、太陰は朱雀の衣をぎゅっと摑《つか》んだ。

「玄武と白虎がいるじゃない」

眉根《まゆね》を寄せる太陰に、玄武が片手をあげて口を挟《はさ》む。

「我らは晴明の命を帯びている。これより鴨川に向かわねばならん」

「そういうことだ。では、行くぞ玄武」

白虎に促《うなが》された玄武が頷《うなず》くと同時に、ふたりを取り巻いた風の渦《うず》が高く飛翔《ひしょう》した。

雨滴《うてき》をはねのけながら空を翔《か》けていく同胞たちの姿を追った太陰は、強張った面持《おもも》ちで昌浩を見上げた。

「内裏に行って、何をするの？」

「うーんと、気になることがあって。確かめたらすぐ邸《やしき》に帰るつもり」

「いいけど……」

太陰は朱雀の衣を離《はな》さない。一方の物の怪は、なるべく太陰の視界に入らないようにか、昌浩の足元にたたずんだまま沈黙《ちんもく》している。

それを眺《なが》めていた朱雀が、嘆息《たんそく》まじりに口を開いた。

「なら、早いほうがいいな。太陰、行こう」

幼い同胞を促すようにして、低い位置にある頭をぽくぽくと叩《たた》く。彼女は黙然《もくぜん》と頷いた。

瞬きをすると、神気の風が一同を包み込んだ。

と、いつの間にか昌浩の体は空を飛んでいる。いつになくおとなしい風流だ。

「……なんか…」

昌浩の肩にしがみついた物の怪が、目だけを動かしてくる。昌浩は声をひそめた。

「太陰の風じゃないみたいに、おとなしいね」

「そうだな」

栗色《くりいろ》の髪《かみ》が翻《ひるがえ》る。雨滴を弾《はじ》く風の膜《まく》は全員を包み、音もなく滑空《かっくう》する。いつもこのくらい優《やさ》しいといいのだが、と考えて、昌浩は頭《かぶり》を振った。

荒《あら》っぽい風は色々と問題なのだが、彼女の本来の勢いがまるでないのは寂《さび》しい。早く立ち直ってくれるといいのだが。

ふわりと降り立った内裏の一角は、舎人《とねり》の巡回《じゅんかい》もなく静かなものだった。

ちょうど狭間《はざま》の時間なのだろう。いくら再建途中《とちゅう》といっても、内裏は無人ではない。

闇《やみ》にまぎれる暗い色の狩衣《かりぎぬ》だが、それでも注意するに越《こ》したことはない。音を立てないように歩き回り、女房《にょうぼう》の話し声が聞こえると物陰《ものかげ》に身をひそめてやり過ごす。

渡殿《わたどの》を通り過ぎる幾人《いくにん》かの官人は、宿直の者たちだろうか。

幾つもの渡殿をくぐり、簀子《すのこ》の下に隠れながら移動して、無灯の殿舎《でんしゃ》を時折覗く。まだ完成していない殿舎は、蔀《しとみ》のはまっていない箇所《かしょ》も多く、作りたての母屋《おもや》が見えた。

完成すれば、几帳《きちょう》や御簾《みす》、蔀に隠されて、廂《ひさし》や母屋は絶対に見えなくなる。それ以前に、こんなところまで足を踏《ふ》み入れることはできなくなるだろう。

簀子の下に隠れて、昌浩は思案した。

焼失《しょうしつ》してから一年以上が経過している。雨に濡《ぬ》れた建物に使われた材木は、真新しい色だ。

あの火災の折に燃えたのは清涼殿《せいりょうでん》と後宮のほとんど。それ以外の殿舎は大した被害《ひがい》もなかったため、そのまま使用されている。

闇の中を危なげなく進んでいた昌浩は、古めかしい建物を見つけて駆《か》け寄った。

「ここは……」

内裏《だいり》にどんな建物があるのか、名前だけは知っているが、実物を見る機会などはない。どういう配置になっているか、以前見たことのある略図を頭に思い描《えが》く。

「えーと」

眉間《みけん》にしわを寄せる昌浩の肩《かた》に乗っていた物の怪が、ふいに耳をそよがせた。

「む。誰か来る」

昌浩は慌《あわ》てて階《きざはし》の陰《かげ》に滑《すべ》り込んだ。物の怪も一緒《いっしょ》だ。朱雀と太陰は内裏に降りたときからずっと隠形《おんぎょう》しているため、先ほどから姿は見えない。

《警邏《けいら》の舎人のようだな》

ごく近くで響《ひび》いた朱雀の声に、昌浩は黙ったまま頷いた。

《……なんだか、風がおかしい気がする》

それまでひたすら沈黙していた太陰が、重い語調で呟《つぶや》いたのが聞こえた。

昌浩と物の怪が怪訝《けげん》な顔をする。

「おかしいとは、どういうことだ？」

物の怪の問いに、一瞬《いっしゅん》間を置いた返答があった。

《よく…わからないけど…。風の中に、かすかに、何かが紛《まぎ》れ込んでるみたい》

昌浩は集中して気配を探《さぐ》った。重い雨。時折響く風の音。それに紛れる別の何か。

すねあての音を立てながら、ふたり一組の警邏の舎人が歩いてくる。手には雨でも消えないように油紙の覆《おお》いのついた手燭《てしょく》を持っている。

炎《ほのお》が届く範囲《はんい》はそれほど広くない。せいぜい彼らの足元を照らす程度だろう。

念のため簀子の奥まで身を引いて、舎人たちが通り過ぎるのを待つ。彼らの会話が途切《とぎ》れ途切れに聞こえてきた。

「……で、様子はどうなんだ？」

一方の問いに、もう一方が重い息を吐《は》いた。

「あまりよくないらしい。まあ、こう雨続きじゃなぁ、気も滅入《めい》るってもんだ」

「病は気からとも言うしな。……なぁ、俺、聞いたんだけどさ…」

突然《とつぜん》声をひそめて、辺りの様子を窺《うかが》いながら、舎人はそうっと言った。

「……去年、ほら、冬に、怨霊《おんりょう》が出ただろう」

片方が立ち止まる。

「あ、ああ…」

昌浩は瞬《まばた》きをした。それはもしかして、穂積諸尚《ほづみもろなお》の件のことだろうか。

「右大弁様が祟《たた》られたって話だろう？　あれ、どうなったんだろう」

「陰陽師《おんみょうじ》が片をつけたと聞いたぞ」

昌浩は思わず自分を指差した。物《もの》の怪《け》がうんうんと頷く。隠形している朱雀と太陰も物の怪と同様のようだ。

「陰陽師というと、やっぱり安倍晴明殿《どの》か」

「……」

簀子の奥にいた昌浩は、思わず声をあげそうになって自分の口を押さえた。物の怪の白い前足がその上に重なる。

「ばか、気づかれるだろうが」

半眼になった昌浩がこくこく頷くのを見て物の怪は前足を離した。昌浩はむくれた顔で舎人たちをねめつける。

《まあ、晴明も、隠れてやったことのほうが多いしな。そういったことは、人の口の端《は》にはのぼらないし、誰も知らないまま過ぎていく》

なぐさめるような朱雀の言葉に、太陰がつづけた。

《そうよ。あんただって頑張《がんば》ってるわ。わたしたちは知ってるわよ、昌浩》

最後に、物の怪が昌浩の頭をぽんぽんと叩いた。

簀子の下にしゃがんでいた昌浩は、黙《だま》ったまま頷いた。不特定多数の人間に評価してほしいわけではない。自分がやったことを、ごく近くにいる者たちはちゃんとわかっている。

ずっとしゃがんでいると足がしびれてくる。音を立てないように姿勢を変えて、昌浩は息をついた。

「さすが晴明殿だなあ。なぁ、晴明殿は無理でも、陰陽寮《おんみょうりょう》の者に視《み》てもらったらいいんじゃないか」

「体調がよくないというだけだからなぁ…。まぁ、いざとなったら右大弁様が考えてくださるだろう」

しばらく辺りを見回ったらしいふたり組は、きびすを返して、雨の中に消えていった。

足音が完全に聞こえなくなって、戻《もど》ってくる様子もないのを確認《かくにん》してから、昌浩と物の怪は簀子の陰《かげ》から出た。

「舎人たちも、何か感じているふうだな」

物の怪の言葉に頷《うなず》いて、昌浩は辺りをゆっくり見回した。

雨足はゆるむ気配がない。空気がおかしいのはわかっているが、どこがどう、ということまでは読めないでいる。

「うーん。太陰、風の中の何か、まだ感じるか？」

当たりをつけて目を向けると、宙に浮《う》いている太陰が顕現《けんげん》してきた。

神気の風をまとっているため、栗色の長い髪がゆらゆらと揺《ゆ》れた。桔梗《ききょう》の双眸《そうぼう》が思慮《しりょ》深い色を湛《たた》えている。

神将の目は闇でも見通す。昌浩には見えない部分まで観察しているのだろう。

「……あっちから、漂《ただよ》ってくるみたい」

指差した方角がどこなのか、星も出ていないのでわからない。

「あっちというと、紫宸殿《ししんでん》の方角だな」

「さすがもっくん、わかるんだ」

感心する昌浩にまあなと頷いて、物の怪は耳をそよがせた。

「俺たちが最初に降りたのは淑景舎《しげいさ》の辺りだ。内裏の中じゃ東の端《はし》だな」

内裏の殿舎は独立しており、渡殿で結ばれている。

「じゃあここは？」

顕現してきた朱雀と、その後ろに隠れた太陰が、物の怪を見る。物の怪は片前足を目のきわに添《そ》えた。

「えーと。さっきの建物がおそらく麗景殿《れいけいでん》と昭陽舎《しょうようしゃ》だろ？　とすると…」

ちなみに、淑景舎は桐壺《きりつぼ》、昭陽舎は梨壺《なしつぼ》とも呼ばれる。それぞれの庭に桐と梨が植えられているため、その名がついた。

それを聞いていた昌浩は、ふと西の方を見はるかした。

帝《みかど》は今内裏に居を移している。皇后や中宮《ちゅうぐう》、女御《にょうご》といった后方《きさき》も同様だ。だが、いま中宮と呼ばれている人は、昨年の冬、新造されたばかりの飛香舎《ひぎょうしゃ》に入内《じゅだい》したのである。

昌浩は瞬きもせずに雨の向こうを見つめる。ここからは決して見えない飛香舎は、庭に藤《ふじ》があるところから藤壺と呼ばれているのだ。

彼女と最後に会ったときも雨だった。自分はずっと背を向けていたから、彼女がどんな表情でいたのかはわからない。耳に突《つ》き刺《さ》さるような悲痛な声から予測はできたが、それでも振《ふ》り返ることはしなかった。

時々、ほかの省庁の官僚《かんりょう》から藤壺の中宮の話を聞くこともある。そんなとき、昌浩の胸の奥のほうで、ほんの少しだけつきりと痛むものがある。

それは時を経るごとに、少しずつ大きくなっているようだった。

「昌浩？ おい、どうした」

彼の様子に気づいた物の怪が問うてくる。昌浩は、振り切るように頭《かぶり》を振った。

「なんでもない、ごめん」

本当になんでもないというように、昌浩は仄《ほの》かに笑った。その奥にある光の勁《つよ》さを認めて、物の怪は瞬きをした。

昌浩が見はるかしていたのが飛香舎だと、物の怪は気づいている。

あの夜、その場を離《はな》れはしたが、藤壺の中宮がこの子どもに何を言ったのか、容易に想像できる。そして、この子どもがなんと返したのかも。

昌浩は勁くなった。ひとの心を思いやって自制する以上に、どんなことをしても自分の意志を貫《つらぬ》き通すだけの勁さを得たのだ。

だがそれは、虞《おそれ》から生じたものだということも、物の怪は知っている。

「あっちのほうか。行こう」

歩き出す昌浩の横顔を見《み》つめて、物の怪は黙《もく》したまま険しい表情を浮かべた。

なぁ、昌浩よ。
お前がいま持っているそれは、この上もなく強固なものだけれども。
同時に、ひどく脆《もろ》いものだということに、果たしてお前は気づいているか。

5

こわい。

こわい。

だれかたすけて。

◆　◆　◆

紫宸殿に向かっていた昌浩は、誰かの声を聞いた気がして立ち止まった。

「ん……？」

胡乱《うろん》に眉根《まゆね》を寄せて辺りを見回すが、人影《ひとかげ》などない。

「どうした？」

物の怪《もののけ》が顔を覗《のぞ》きこんでくる。昌浩は首をひねった。

「なんか、声が聞こえたような……」

なんだろう、聞き覚えがあるような。

記憶《きおく》を手繰《たぐ》ってみるが、確かなものが出てこない。険しい顔で考えている昌浩の肩《かた》を、唐突《とうとつ》に顕現した朱雀が摑《つか》んだ。

「え？」

反射的に振り仰《あお》ぐ。朱雀が警戒《けいかい》している。見れば、太陰も同様だった。

肩に乗っている物の怪が、険のある声で呟《つぶや》いた。

「……綾綺殿《りょうきでん》……いや、その奥…」

三対の視線は、闇《やみ》の中に建っている殿舎に注がれている。昨年の火災をまぬがれた、綾綺殿だ。

物の怪はその奥だと言った。

いま昌浩たちは、紫宸殿を背後に綾綺殿を見ている。綾綺殿は温明殿《うんめいでん》とつながっているのだ。

太陰と朱雀が、昌浩をかばうようにして前に出た。

「……どうするの、昌浩」

振り返らずに問うてくる太陰の背に、昌浩は逡巡《しゅんじゅん》してから返した。

「……行く」

漂ってくるものが、昌浩の肌《はだ》にも感じられるようになっている。

風の中に紛《まぎ》れている何か。それが、確かな形を持ったようにも感じられた。

内裏《だいり》の上空に渦巻《うずま》くもの。

充分《じゅうぶん》に警戒しながら進んだ一同は、綾綺殿の隣《となり》にある温明殿の前で足を止めた。

温明殿の中だ。

そこに、人外のものがいる。

◆　◆　◆

雨が降っている。

闇の中に端座《たんざ》していた少女は、閉じていた瞼《まぶた》をあげた。

「――斎様?」

背後に控《ひか》えていた益荒が身を乗り出してくる。

斎は手をあげて青年を制した。

「……これは、誰だろう」

視線を彷徨《さまよ》わせて、少女は呟いた。

「これ、とは」

「姫《ひめ》に向けたわらわの思惟《しい》に、割って入ってきた。……聞こえているのではないな、だが……」

思案するようにうつむき、唇《くちびる》に指を当てる。濡《ぬ》れたような黒髪《くろかみ》がはらりと落ちて、頬《ほお》を覆《おお》った。おかげで彼女の表情が益荒から隠《かく》されてしまう。

青年の指がついとのびてきて、少女の髪《かみ》を梳《す》いた。耳にかけるようにすると、伏《ふ》し目がちの面差《おもざ》しがあらわになる。

しばらく己《おの》れの思考に没頭《ぼっとう》していた少女は、ついと顔をあげた。

彼女が軽く手を掲《かか》げると、闇の中に二つの小さな炎《ほのお》が点《とも》った。消えていたはずの蠟燭《ろうそく》に火が宿り、ゆらゆらと揺《ゆ》れながらぼんやりと辺りを照らし出す。

大きな祭壇《さいだん》が炎に浮《う》かんだ。青々としげった榊《さかき》の枝と、並んだ三方《さんぼう》。

一段高い場所から紗《しゃ》が下がり、その奥に、端座したまま微動《びどう》だにしない影がある。

ゆらゆらと炎が揺れた。

動かない後ろ姿を見つめたまま、少女は口を開いた。

「……おそれがうねりのようにふくれあがっている。おそれる必要はないのだがな」

「何も知らぬうちは、恐《おそ》れも抱《かか》えましょう」

「だが、すべてを知ればおそれなど消えよう。……おそれている暇《いとま》など、なくなる」

紗の奥に端座した影が、ほんの少し身じろいだ。それを視界のすみに捉《とら》えて、少女は瞬《まばた》きを

する。

「……益荒」

青年は黙《だま》ってつづきを待った。少女は淡々《たんたん》と、歌うように言葉をつむいだ。

「この雨でも……降り止《や》まぬこの雨ですら……」

両手を掲げて、少女は目を閉じた。

「……この罪を、ぬぐい落とせはしないのだろうな……」

青年は、沈鬱《ちんうつ》な面持ちのまま、押し黙った。

少女は、紗の奥に端座する影を、まるで人形のように表情のない面立ちで見つめている。

益荒は目を伏《ふ》せた。

◆　◆　◆

彼女は、己れの命そのものが贖《あがな》うことのできない罪であると、生まれる前から知っている。

温明殿の中には、神器《じんぎ》を祀《まつ》る賢所《かしこどころ》がある。

不穏《ふおん》な気配は、そこから生じているようだった。

戦闘《せんとう》態勢をとった物の怪が低く唸《うな》る。

「どうする」

昌浩は剣呑《けんのん》に目を細めた。

こちらから先制攻撃《こうげき》を仕掛《しか》けるのはどうだろうか。相手がどういったものなのかもわからないのだ。このまま様子を窺《うかが》って、向こうの出方を見るほうが賢明《けんめい》な気がする。

呼吸を数えながら温明殿を睨《にら》んでいた昌浩を、大剣の柄《つか》に手をかけた朱雀が顧《かえり》みた。

「気配が動いた。……出てくるぞ」

はっと息を呑《の》むと同時に、温明殿の妻戸《つまど》が音もなく開いた。

中は暗い。まったくの闇だ。

そこからゆらりと、白い影が現れる。

昌浩は息を詰《つ》めた。

「女…？」

雨音に紛れた呟きは太陰のものだ。

太陰と朱雀の間に見える簀子《すのこ》に、ひとりの女が立っている。

長い髪は白く、大きく波打っている。髪より白い面《おもて》は表情を持たず、動かない瞳《ひとみ》は昌浩をまっすぐに射貫《ぬ》いた。

白い髪もそうだが、何よりも一同を驚《おどろ》かせたのはその出で立《い》ちだろう。

宮中に仕《つか》える女房《にょうぼう》たちのような十二単《じゅうにひとえ》や袿《うちぎ》ではなく、体の線にぴったりと沿った袖《そで》のない衣《ころも》を身につけ、腰《こし》には鎧《よろい》を帯びている。脚《あし》の動きを妨《さまた》げないようにか、衣の裾《すそ》には腿《もも》まで覗《のぞ》く切れ目が入っていた。

青いしずくのような玉で額を飾《かざ》り、両腕《りょううで》に銀色の輪をつけている。

人間とは思えない様相。

昌浩は、その感覚に覚えがあった。

目の前に並ぶふたりの背と、肩で構えている物《もの》の怪《け》の本性《ほんしょう》。

あの女は、十二神将のような出で立ちをしているのだ。

漂《ただよ》ってくる気配は、勿論《もちろん》人間のそれではない。

あまりのことに棒立ちになった昌浩とは対照的に、朱雀と太陰は警戒《けいかい》しながら間合いを計っていた。

「こいつ、何者だと思う？」

「さあな。だが……敵だと思っていいだろう」

緊迫《きんぱく》したふたりのやりとりに、後ろから物の怪が口を挟《はさ》む。

「あの目を見ればな」

非友好的な視線を昌浩に据《す》えていた女は、ついと視線を滑《すべ》らせた。

神将たちははっとした。この女は、自分たちを知覚している。

放たれているのは妖気《ようき》ではない。霊気《れいき》とも違《ちが》う。

雨音だけが響《ひび》く闇《やみ》の中で、空気が瞬《また》く間に張り詰めた。一触即発《いっしょくそくはつ》。先にどちらが動くか。

「────」

神将たちと昌浩を凝視《ぎょうし》していた女は、ふと瞼を震《ふる》わせると、足を引いた。

太陰と朱雀の肩《かた》がぴくりと動く。太陰の両手の先に渦巻いていた風が、ぶわりと激しさを増した。

女の姿が温明殿《うんめいでん》に吸い込まれていく。

一瞬遅《いっしゅんおく》れて、太陰が飛び出した。朱雀がそれにつづき、物の怪が跳躍《ちょうやく》する。昌浩も慌《あわ》ててそれを追った。

温明殿を囲む簀子に飛び上がり、神将たちと昌浩は建物の中に足を踏《ふ》み入れた。

漆黒《しっこく》の闇だ。物音ひとつしない。

「どこだ⁉」

行方《ゆくえ》を追う朱雀が鋭《するど》く唸る。太陰の風が蔀《しとみ》の内側にかかった御簾《みす》を巻き上げた。

御簾の立てるばさばさという激しい音が木霊《こだま》した。余計なものが何一つない殿舎は、必要以上に音を響かせる。

几帳《きちょう》と壁代《かべしろ》で仕切られた殿舎の奥から、かすかな悲鳴が聞こえる。

宿直《とのい》していた女房だろう。何を言っているのかはわからないが、幾《いく》つもの気配が動き出し、灯《あか》りが点されていくのが見て取れた。

「昌浩」

身を翻《ひるがえ》した物の怪が顎《あご》をしゃくる。神将たちは徒人《ただびと》には見えないが、昌浩はそうはいかない。

太陰の手が昌浩の手をとり、開いたままだった妻戸から抜《ぬ》け出す。

途端《とたん》に雨粒《あまつぶ》が襲《おそ》ってきた。目をすがめる昌浩の手を摑《つか》んだまま、太陰は飛翔《ひしょう》する。

「昌浩、こっち」

「太陰、朱雀ともっくんは⁉」

見る見るうちに高度があがる。焦《あせ》った昌浩の言葉に、太陰は中空に停止して答えた。

「大丈夫《だいじょうぶ》よ、ふたりとも人間には見えないわ」

ようやく昌浩の手を離《はな》し、彼女は温明殿の屋根に目を落とした。

「何か考えがあって残ったのよ。でなきゃ、あのふたりが逃《に》げ遅《おく》れるはずないもの」

彼女の言葉に昌浩は少し驚いた。朱雀のことはともかく、物の怪に対して太陰がそんなことを言うとは、意外だ。

昌浩の視線に気づいた太陰は、ばつの悪い様子で視線を彷徨《さまよ》わせた。

「……太陰、もっくんのこと、まだ怖《こわ》い？」

静かな語調で昌浩が尋《たず》ねると、太陰は弾《はじ》かれたように見返してきた。

何度も瞬きをして、口を開きかける。だが、ためらいがそれを阻《はば》むのか、やがてうつむいてしまった。

「ごめん、悪いこと聞いた」

悄然《しょうぜん》とうつむく昌浩を上目遣《うわめづか》いに見て、太陰は消え入るように呟《つぶや》く。

「……怖いのよ」

そうして彼女は、大きく息を吸い込み、喉《のど》に力を込めながらつづけた。

「うまく言えない。青龍のことも怖いときがあるわ、六合だってそう。勾陣も、戦っているときは少し、怖いと思う」

彼らは闘将《とうしょう》だ。神気の桁《けた》が違う。太陰は決してかなわない。それは絶対的な差異。

しかし、騰蛇に対しての恐怖《きょうふ》と、ほかの三名の闘将たちに対する感情とには、決定的な違《ちが》いがある。

「でも、騰蛇は別。……騰蛇は強いから、ものすごく、ものすごく強くて。……強いから、怖いの」

「強いから、怖い……？」

昌浩は思わず繰《く》り返していた。

物の怪の、紅蓮の強さ。それは、頼《たの》もしくはあっても、恐《おそ》ろしいものではないはずだ。

そう告げると、太陰は首を振《ふ》った。

「騰蛇は最強で、最凶《さいきょう》で。そりゃ…凶将は、騰蛇や勾陣だけじゃないけど、でも騰蛇は別格でしょう？　これでも、昔よりは平気になったのよ」

晴明の使役《しえき》にくだる前。太陰は、騰蛇の近くによることすらできなかったのだ。

深々と嘆息《たんそく》して、太陰は情けない顔をする。

「これじゃだめだって、一応考えてはいるんだけど……。でも、騰蛇の神気は怖い。体が勝手に強張《こわば》る」

苛烈《かれつ》な神気は凄《すさ》まじい。出雲《いずも》の地で、なんの制約も受けずに解放された甚大《じんだい》な力は、同胞《どうほう》であるはずの太陰を畏縮《いしゅく》させてなお余りあった。

「昌浩の言いたいこともわかるし、白虎や晴明にも言われてる。……努力はするわ」

情けない顔をしてしょげる太陰の頭を撫《な》でて、昌浩は困ったように眉根《まゆね》を寄せた。

昌浩にとって紅蓮は、優《やさ》しくて、頼《たよ》りがいがあって、時々厳しい。でもそれは、昌浩のことを慮《おもんぱか》ってのことだとわかっているから、心から恐ろしいと思うことはない。

自分が心から恐ろしいと思うことは、もっとほかにある。

それは、失うことへの恐れだったり、自分を止められないかもしれないという虞《おそれ》だ。

手のひらを見つめて、唇《くちびる》を引き結ぶ。

そうして、思った。自分や太陰がまったく別の、でも同等のおそれを抱《いだ》いているように。

紅蓮や朱雀、昌浩の知っている人たちもみな、それぞれのおそれを抱いているのだろうか。

そしてそれは、その人の心をどれほど強く捉《とら》えるものなのだろう。

雨に煙《けむ》る都を見下ろして、昌浩は目を細めた。

内裏《だいり》から見て東の方角。灯りが点在するそちらには、帝《みかど》と后《きさき》たちの住む今内裏があって。

さらに東には、生まれ育った安倍の邸《やしき》がある。

もう随分遅《ずいぶんおそ》くなってしまったから、きっと心配して待っているだろう。

「……………」

瞬《まばた》きをして、昌浩は自分自身の発想にはっとした。

目の前には、しょげ返った太陰の顔があって、眼下には騒《さわ》ぎの続いている内裏がある。朱雀と物の怪は未だに顔を見せない。

そんな状況《じょうきょう》であるのに、昌浩は何よりもまず、ただひとりのことを真っ先に考えているのだ。

いままでとは、少しずつ自分が変わっている。

そのことに気づいて、昌浩は思わず胸の辺りを押《お》さえた。

ふいに、以前聞いた話が耳の奥に甦《よみがえ》ってくる。

紅蓮が智鋪《ちしき》の宗主《そうしゅ》の策略にはまって昌浩に瀕死《ひんし》の重傷を負わせたとき、移し身の術を使おうとした天一を、朱雀が止めたという。

――昌浩と天貴のどちらかを選べといわれたら、俺は天貴を選ぶ！

失う恐怖を思えば、他者を犠牲《ぎせい》にすることを選んだほうがいい。

その選択《せんたく》が、のちにどれほど己《おの》れを苛《さいな》むものであるとしても。

温明殿を見下ろして、昌浩は息を詰《つ》める。

開いたままだった妻戸《つまど》。それを、中から出てきた女房《にょうぼう》が、外の様子を窺《うかが》ってから閉じた。

神将たちにとって、扉《とびら》はあまり意味をなさないものだ。隠形《おんぎょう》してしまえばすり抜けることができる。

案の定、朱雀は隠形して温明殿を抜け出てきたようだ。なんとなく、神気でわかる。完全には遮断《しゃだん》していないので、昌浩にも感じ取ることができる。

一方の物の怪《もののけ》は、律儀《りちぎ》に妻戸を開閉して出てきた。

見ていた昌浩は、思わず笑ってしまった。女房たちに気づかれないように、そうっとそうっとやっているのがわかる。

なんとか出てきたふたりが合流したところで、太陰の風が取り巻いて天に押し上げた。

「参った参った」

渋面《じゅうめん》を作っている物の怪をひょいと抱き上げて、昌浩は堪《こら》えきれないように笑った。

「もっくん、朱雀みたいに隠形《おんぎょう》して出てくればよかったのに」

朱雀が目をしばたたかせている。太陰も同様だ。

物の怪はというと、丸い目をぱちくりさせて、渋《しぶ》い顔をしながら前足で首を掻《か》いた。

「……そうか。言われてみればそうだったな」

「そうだよ」

「むむむ」

半眼で唸《うな》る物の怪を面白《おもしろ》そうに見ていた昌浩は、白い体を肩《かた》に乗せながら尋ねた。

「遅《おそ》かったけど、何やってたの、もっくん。朱雀も」

雨をよける風の繭《まゆ》は、内裏上空から少しずつ移動している。

太陰は相変わらず物の怪から隠れるようにして朱雀の陰《かげ》から動かない。

朱雀は同胞の好きにさせながら口を開いた。

「女房たちが狼狽《ろうばい》して奥まで入っていくので、騰蛇と一緒《いっしょ》について行ったんだ」

「賢所《かしこどころ》の奥？」

「そうだ」

領《うなず》いて、物の怪は前足を上げた。

「普段《ふだん》は閉め切られてる場所だしな。あの白い女がひそんでやしないかと、すみずみまで見てきたんだが……」

「見つからなかった？」

昌浩の言葉に、朱雀と物の怪はそれぞれに領いた。

あれだけの目立つ様相だ。いくら夜で薄暗《うすぐら》いといっても、物の怪や朱雀が見過ごすはずがない。人間と違って神将の目は夜闇《よやみ》でもあまり支障がないのだから。

温明殿《うんめいでん》には隠れられそうな場所がたくさんある。壁代《かべしろ》や几帳《きちょう》の陰《かげ》、塗籠《ぬりごめ》の中。そして、神器《じんぎ》を収める賢所。

「さすがに賢所の中にずかずか入るのははばかられたから、外から様子を窺うにとどめた。だが、あの白い女がいる気配はなかった」

朱雀のあとに、物の怪は思慮《しりょ》深い目をして付け加えた。

「もっとも、異形だったら、あの場に立ち入って無事でいられるはずはないからな。気配を消して潜伏《せんぷく》という線もないだろう」

頷きながら聞いていた昌浩は、瞬きをして口を挟《はさ》んだ。

「もっくん、ちょっと待った」

「ん？」

「あの場に入って無事でいられないって、なんで？」

朱雀の背から太陰が顔を出す。物の怪はそれをちらと見たが、それについては触《ふ》れず昌浩に応《こた》えた。

「おいおい、温明殿の賢所には何があるよ」

「えーと…」

内裏、温明殿。賢所。

こめかみに指を当てて、険しい顔で記憶《きおく》を掘《ほ》り起《お》こす。

「うー……、あ」

ぱっと目を開いて、昌浩は声をあげた。

「神器だ、三種の神器のひとつ」

確か、八咫鏡《やたのかがみ》が奉斎《ほうさい》されていたはずだ。

そう言うと、物の怪は片目をつぶった。

「半分正解」

「半分？」

「そ」

耳をそよがせて、物の怪は内裏を顧《かえり》みる。雨と闇に沈《しず》む内裏は、もうどこが温明殿なのか判然としないほど離《はな》れている。

「本物の八咫鏡《やたのかがみ》は、伊勢《いせ》の神宮《じんぐう》にあるって話だ。温明殿にあるのは、まったく同じ大きさと細工で作られた鏡なんだそうだ」

昌浩は目を丸くした。

「そうなんだ」

陰陽道に関しては必死で勉強しているが、それ以外となると昌浩の知識は少々偏《かたよ》っている。

自分とはあまり係《かか》わりがないことには無頓着《むとんちゃく》なので、一生係わらないだろうと勝手に考えている皇家にまつわるあれこれは、常に後回しで広く浅く程度しか知らない。

それでも、係わりを持った貴船《きふね》の祭神や道反大神に関しては、時間ができるたびに記紀をひもといて、そこだけ集中的に読み込んだ。記紀だけでなく、研究資料なども塗籠から発掘《はっくつ》してきて目を通した。

高龗神と道反大神が登場してくる箇所《かしょ》は、いまではそらんじることもできるほどだ。

そういう様を見ていた物の怪は、興味を持つと覚えも早いんだがなぁと半眼で呟《つぶや》いたものである。昌浩は興味のあるなしで集中力に格段の差が出るのだ。苦手としている作暦《さくれき》や星見にも、あのくらいの情熱を傾《かたむ》ければもっと違《ちが》った結果が出てきそうなものなのだが、これぱかりは本人の性分《しょうぶん》とやる気の問題なので、物の怪が何を言ってもどうしようもないのだった。

「まあ、神鏡だから、神器に変わりはないけどな」

しかし、三種の神器八咫鏡と、あの場に祀《まつ》られている神鏡は別物だ。

「温明殿の賢所に神殿《しんでん》があって、そこに神鏡が祀ってあるんだそうだ。さすがに俺も見たことはないから、細かいところは違《ちが》うかもしれん」

「そうなんだ」

念のため朱雀と太陰を見ると、ふたりとも首肯《しゅこう》した。

「いくらなんでも、天照大御神《あまてらすおおみかみ》の御霊代《みたましろ》を祀る場だ。許しがない限り立ち入ることはできない」

「わたしたちは神将だけど、神の末席に連なっている存在だしね。それに、天照や高龗神みたいな天津《あまつ》神《かみ》とはまったく別の存在だし。やっぱり礼儀《れいぎ》はわきまえないとねぇ」

「ふうん、そっか……」

しみじみとしている朱雀たちに、物の怪が同意する。

「天津神ってのは、厄介《やっかい》なのが多いからな。あっちにそのいい例がいるだろう」

ひょいと示したのは都の北方、闇にとける霊峰《れいほう》だ。

昌浩は慌《あわ》てて声をひそめた。

「もっくん、まずいよ。聞こえたら大変だ」

「これくらい問題ない。そこまで神は狭量《きょうりょう》じゃないさ」

しれっと言ってのける物の怪に、朱雀が厳《おごそ》かに反論した。

「狭量ではないが、気まぐれではある。虫の居所が悪いと、あとが怖《こわ》い」

物の怪は苦虫を十匹《ぴき》ほど噛《か》み潰《つぶ》したような顔をした。

「朱雀よ。お前、嫌《いや》なことを言うな」

「俺は可能性を示しただけだ。確率は皆無《かいむ》じゃないだろう」

「……確かに」

物《もの》の怪《け》は頭を掻いて、失言だった、聞き流してくれ、と、北方に向けて呟いた。

そんな火将たちのやり取りに、太陰の面持ちも少しずつだがゆるんでいる。

そのことに気づいて、昌浩ははっとした。

物の怪と朱雀の意図がどこにあったのか、わかった気がする。

昌浩の表情からそれを読んだのか、物の怪は軽く肩をすくめてあらぬ方を見やった。それを認めた朱雀が目をすがめて小さく笑う。

「そろそろつくわよ」

太陰が指差した先に、安倍邸《てい》の屋根が見える。そこには玄武と白虎の姿があった。

白虎が片手をあげているのが見える。太陰は、目に見えてほっとした様子で肩の力を抜《ぬ》いた。


帰ってきた昌浩を出迎《でむか》えた彰子に、物の怪は早く休むよう伝えた。

「昌浩もすぐに寝《ね》かせる。………どうした?」

彰子の面持ちが沈んでいるような印象を受けて、物の怪は胡乱《うろん》に尋《たず》ねた。

彰子ははっとした様子で首を振《ふ》る。

「ううん、なんでもないの。じゃあ、お休みなさい、もっくん」

「ああ。ちゃんと寝ろよ」

自室に引き上げていく彰子を見送った物の怪が身を翻《ひるがえ》す。

燈台《とうだい》を点《とも》した部屋の中で、昌浩は濡《ぬ》れた衣《ころも》を着替えて髪《かみ》を手ぬぐいで拭《ふ》いていた。

「あーあ、床《ゆか》が濡れてるぞ。ちゃんと拭いとけよ、昌浩」

「うん」

わしゃわしゃと髪を拭いて、濡れた衣と帳骨《ちょうこつ》を持って簀子《すのこ》に出る。雨の当たらないところに帳骨を置き、手でしぼれるだけしぼった上で、しわをのばしてかけた。

丁字形《ていじ》の帳骨は、本当は帳をつけて几帳《きちょう》として使うものなのだが、雨の時には衣を干すのに最適なのだ。

「……白虎に水気を吹《ふ》き飛ばしてもらったら早く乾くかな」

何の気なしに呟いたのには、特に他意はなかった。だが物の怪は、ひどく真面目《まじめ》にそれを受けた。

「いいんじゃないか。呼んでくる、ちょっと待ってろ」

「えっ!?」

逆に慌てた昌浩は、物の怪の尻尾《しっぽ》をはっしと摑《つか》んで引き止めた。

「んあ？　痛いぞ昌浩、放さんか」

顔をしかめる物の怪をずるずると引き寄せて、夕焼けの瞳《ひとみ》と自分の目線を合わせるように抱《かか》えあげた。

「冗談《じょうだん》だよ。そんなことで白虎の手を煩《わずら》わせるのは悪い」

「構わんと思うがなぁ。昔晴明もよくやってたし」

若菜と結婚《けっこん》する前、安倍家には女手がなかったので、家事はすべて自分でしなければならなかった。ゆえに晴明は、家事一般《いっぱん》をすべて式にやらせていた。

神将たちを従えてからは、彼らの力も遠慮《えんりょ》なく利用した。おかげでまっとうな生活が送れていたといっても過言ではない。

それでいいのか十二神将。

思わず内心で呟く昌浩だが、物の怪はおかまいなしだ。

あるものは使えというのが晴明の信条だった。あるのに使わないのは勿体《もったい》ない、使ったほうが自分にとって有益なのだから、他人がどう思おうが関係ない。

実は、その点に関しては、当時ほぼ唯一《ゆいいつ》親交のあった榎岦斎《えのきりゅうさい》に、ほとほと呆《あき》れられていたという過去があるのだが、残念ながら物の怪はその頃滅多《ころめった》に人界に出てこなかったので、詳《くわ》しい話はあまりよく知らない。

異界にあって、その辺の話を、勾陣や天空や朱雀からぽつぽつと聞いていただけだ。それでも充分《じゅうぶん》過ぎるほど、晴明の神将使いは実は荒《あら》かった。

神将たちを朋友《とも》と呼び、その人格を尊重していたが、それとこれとは別物と割り切っていたらしい。

最初のうちは青龍がそれはもう怒《おこ》って、呼ばれても異界から出て行かなかったほどである。それを受けて、晴明も当初はそれなりに気を遣《つか》っていたという。

しかし、ある日を境に晴明が居直ったというかなんというかで図太くなったおかげで、青龍がどれほど激昂《げっこう》しても応えなくなった。

数年経《た》って、ついに青龍が折れた。というより、諦《あきら》めた。

結局は晴明の粘《ねば》り勝ちとなったのだ。

などということも、当然物の怪は同胞《どうほう》からの又聞《またぎ》きだ。

手ぬぐいで濡れた床を拭いて、その手ぬぐいも絞《しぼ》って帳骨にかける。

中に入って妻戸《つまど》を閉めた昌浩に、物の怪は蔀《しとみ》を示した。

「そろそろ蔀を開けたままじゃ肌寒《はだざむ》いだろう」

物の怪の言葉に、昌浩は外を見ながら返した。

「うん。でも、閉めると風が澱《よど》むから……」

外から吹き込む風は雨のせいで重くて、しかしぴったり閉《と》ざしてしまうと空気が澱んでしまう。風がめぐらないと、気持ちも重くなってしまうものだから、できるだけ蔀を開けて外気を取り込むようにしているのだ。

晴れ間がないので、からりとした風は久しく感じていないのだが。

壁際《かべぎわ》に積んでおいた書物の山から幾《いく》つかを引き抜いて、文台に乗せる。円座に腰《こし》を下ろして書の表紙をめくる様を、物の怪が黙《だま》って見ているのが感じられた。

「ちょっと読んだら、すぐ寝るよ」

一応弁解すると、そうかと短く返された。物の怪は離《はな》れたところで丸くなり、交差させた前足におとがいを預けて目を閉じた。

昌浩は息をつき、燈台を文台の近くに引き寄せた。あたたかい橙色《だいだいいろ》の光で書面が照らされて、墨《すみ》で記された記述がはっきりと見える。

「ええと、八咫鏡《やたのかがみ》、八咫鏡……」

書面を繰《く》りながら、思い起こす。

神器たる八咫鏡を祀る温明殿《うんめいでん》に現れた、正体不明の白い女。年の頃《ころ》は、二十歳《はたち》を越《こ》えたくらいだったろうか。十二神将を髣髴《ほうふつ》とさせる出《い》で立ちからか、勾陣や天后と同年代に見えた。

温明殿の神殿に祀られているのは、八咫鏡とそっくり同じに作られた神鏡。

八咫鏡というのは、神代の昔、素戔嗚尊《すさのおのみこと》の悪行に立腹し、天岩戸《あまのいわと》に身を隠《かく》した天照大御神を連れ出すために使われたものだという。

しばらく書を繰っていた昌浩は、雨音が強くなった気がしてふと顔をあげた。

上げた蔀の向こうに、落ちてくる雨滴《うてき》が見える。燈台の灯《あか》りに慣れた目にそれが見えるのは、まだ暗視術の効力が切れていないためだろう。

「……あ、灯り、いらなかったか」

いまさら気づいて、苦笑《くしょう》した。

「………」

丸くなっている物の怪の背は、規則正しく上下している。こんなふうにして、眠《ねむ》っている物の怪を眺《なが》める時間が増えた気がする。

いつもいつも、疲《つか》れきって先に眠っていたから、物の怪が休んでいる姿を見るのは昼間の陰《おん》陽寮《みょうりょう》でだけだった。

雨音が聞こえる。

さあさあという響《ひび》きを聞くのは、本当は少しだけつらい。

どうしてだろうか。雨のときばかり、胸をつくようなことが起こるのは。

雨のときばかりではないはずなのだが、雨の印象が鮮明《せんめい》なことが多い。

「……俺、雨、嫌《きら》いになりそうな気がするな…」

幾つもの情景が、脳裏《のうり》に流れて消えた。

昌浩は目を閉じた。

――……怖《こわ》いのよ
太陰の呟《つぶや》きが耳の奥に甦《よみがえ》った。いつも快濶《かいかつ》な少女は、物の怪の前では別人のように畏縮《いしゅく》する。

彼女の気持ちは、昌浩にもわかる。

怖いことはたくさんあった。

小さい頃は、貴船《きふね》の闇《やみ》が怖かった。

突然《とつぜん》視えなくなってしまって、そのことを知られるのが怖かった。

初めて妖怪《ようかい》退治を命じられたとき、死ぬかもしれない恐怖《きょうふ》に身がすくんだ。

ほかにも、たくさんたくさん。

怖さはいつも心の中にある。

けれども。

瞼《まぶた》をあげて、静かに立ち上がる。音を立てないように妻戸を開けて、そっと簀子に出た。

肩越《かたご》しに振り返って見たが、物《もの》の怪《け》は身じろぎひとつしない。

漆黒《しっこく》の闇に落ちる雨滴を見つめる。

いままで以上に、恐《おそ》ろしいと思うことが、昌浩の中に生まれている。

そのおそれが、感情のままに、思うままに行動してきた昌浩の足を止めるのだ。

雨が降っている。

脳裏に甦る。駆《か》け抜《ぬ》けた稲光《いなびかり》。激しい雨の中、目の前でゆっくりと傾《かたむ》いた肢体《したい》――。

自分よりも天一を選ぶと断言した朱雀の言葉を、昌浩は聞いていない。なのに、まるでこの耳で聴《き》いたかのように、思い起こすことができるのだ。

それは、彼と同じおそれを、その心に抱《いだ》いてしまったからなのかもしれない。

怖いと思うことは、ぬぐい去れないおそれは、心の中に数多《あまた》ある。

「……もっと、勁《つよ》くならなきゃ…」

その、雨に消え入るかそけき呟きを、身じろぎひとつせずに、物の怪は黙って聞いていた。

そんな昌浩の部屋を、自室に戻《もど》った彰子は、妻戸を開けて見つめていた。

黙ったままじっと見つめている姿に、屋根にのぼっていた朱雀ひとりが気づく。

「彰子姫《ひめ》……？」

怪訝《けげん》に眉《まゆ》をひそめる朱雀だったが、声をかけることはしなかった。

誰にも見られたくないだろう。あんな、思いつめたような瞳をした姿は。

うつむいた彰子が、音を立てないようにそっと妻戸を閉めるまで、朱雀はそちらに心を配っても、視線は向けずにいた。

6

翌朝も雨だった。

「風邪《かぜ》を引かないように気をつけてね」

門まで見送りに出てくれる彰子を振《ふ》り返り、昌浩は目を細めた。

「大丈夫《だいじょうぶ》。それより彰子」

「なに？」

首を傾ける彰子に、昌浩は指を立てて言い渡《わた》した。

「こんな天気なんだから、市に行ったりしたらだめだよ、いいね」

思いがけないことを言われた彰子は目を丸くする。対する昌浩は真剣《しんけん》そのものだ。

「足場は悪いし、雨で衣《ころも》も濡《ぬ》れるし、寒いからすぐ冷えちゃうし……」

次から次と言葉を並べる昌浩に、彰子は思わず吹《ふ》き出してしまう。

「もう、昌浩、心配性《しんぱいしょう》なんだから」

ころころと笑う彰子に、昌浩は物言いたげな顔を向けるが、うまい言葉が見つからないのか、もごもごと口の中で何かを唱えるだけだった。

ふたりのやり取りを見ていた物の怪が、半眼になって長い尻尾《しっぽ》をぴしりと振る。

「そろそろいいかぁ？　昌浩よ、足場が悪いのはお前も同じだ」

斜《はす》に見上げられて、昌浩は慌《あわ》てて身を翻《ひるがえ》す。

「そうだった、行ってきます」

足早に出て行く昌浩の肩《かた》に、ひょいと跳躍《ちょうやく》した物の怪が飛び乗る。

「昌浩、もっくん、行ってらっしゃい。気をつけてね」

背中にかかる声に、昌浩は肩越しに顧《かえり》みて手を振った。彰子も笑顔《えがお》で手を振り返す。

肩に摑《つか》まってそれを見ていた物の怪は、やれやれといった様子でそっと息を吐《は》き出した。

「……どうしたもんかね…」

「ん？　もっくん、何か言った？」

雨よけの蓑《みの》を羽織っているだけでは追いつかないので、最近は烏帽子《えぼし》にも水を弾《はじ》く油を塗《ぬ》っている。

身分の高い貴族は、従者に傘《かさ》を持たせて出仕《しゅっし》する。しかし、傘は主人に随身が差しかけるものだ。昌浩のような下位の者には分不相応な代物《しろもの》である。

大内裏《だいだいり》に向かっていくと、出仕する貴族の牛車《ぎっしゃ》や、傘を差した随従《ずいじゅう》が幾つも見えた。

「……こういうときは、出世したい気が、する」

「確かにな。ま、頑張《がんば》れ」

昌浩の心の訴《うった》えに、物の怪はしみじみと頷《うなず》いた。車之輔を呼べば濡れずに出仕できるが、妖車《あやかしぐるま》で大内裏に横付けなどしようものなら大騒《おおさわ》ぎになることは必定だ。

ああでも、安倍晴明の数々の逸話《いつわ》を考えれば、その血縁者《けつえんしゃ》である自分が妖怪変化《ようかいへんげ》と一緒《いっしょ》に現れたって誰も異論は唱えないんじゃないだろうか。

一瞬誘惑《いっしゅんゆうわく》に負けそうになったが、すぐに現実に引き戻された。

昌浩と同じように足早に、雨を受けて歩いてくる人物が目に入ったからだ。

その姿を認めた物の怪が、全身の毛を猫《ねこ》のように逆立てた。

無言で威嚇《いかく》態勢をとっている物の怪の尻尾をさりげなく摑んで、昌浩は相手に駆け寄り、一礼した。

「おはようございます、敏次殿《どの》」

「ああ、おはよう昌浩殿。雨続きで嫌《いや》になるな」

「そうですね」

心の底から賛同する昌浩である。物の怪がなにやら唸《うな》っているが、それはあえて聞き流す。

「せめて、雨足が弱くなってくれるといいのだがな。鴨川《かもがわ》の堤《つつみ》もそうそうもたないだろうし」

嘆息《たんそく》まじりに肩を落とし、敏次は空を見上げた。

「本当に、なぜ陽《ひ》が出ないのだろうな……」

本人にしてみるとただのぼやきだろう。だが、昌浩にはそれが妙《みょう》に重く聞こえた。

彼と同じように天を仰《あお》ぎ、雨をさけるように手をかざす。

どうして、陽が出ないのだろう。厚い雨雲は切れ間すら見せなくなっている。

太陽はなぜ、ずっと隠《かく》れているのだろうか。


朝餉《あさげ》を終えた晴明は、自室で水鏡《みずかがみ》を前にしていた。

玄武の作った水鏡である。

鏡面に映っているのは、遥《はる》か西方、出雲《いずも》国の道反《ちがえし》の聖域に住む、道反の巫女《みこ》だった。

晴明の斜《なな》め後ろに端座《たんざ》した玄武は、無表情の下で思案した。

通話がはじまってから四半刻ほどは経過している。その間になされたのは、大半が双方《そうほう》の状《じょう》況《きょう》報告だったように思う。

いつになったら核心《かくしん》に触《ふ》れるのだろう。

道反の聖域には、三人の同胞《どうほう》がいる。何度か鏡越《ご》しに話をしたが、それとて大した回数ではない。

ただ、一度だけやりとりをした寡黙《かもく》な同胞が、いやに疲弊《ひへい》していた印象を受けたのが気になっている。

道反の守護妖《しゅごよう》たちのあたりがきついのか。逃《のが》れられない宿命とはいえ、難儀《なんぎ》である。

あの同胞は、寡黙で表情に乏《とぼ》しいのだが、繊細《せんさい》な対応をしてくれることが多いので、心の沈《しず》むときに近くにいても神経を逆撫《さかな》でされることがない。そういう部分は、とても好感が持てる。

太陰にもそういうところを是非《ぜひ》見習ってほしいと、常々考えている玄武だ。しかし、それを本人に伝えたことはない。必要なときには、白虎に伝えてもらおうと心に決めている。

「……………では、そのように」

玄武は瞬《まばた》きをして、主《あるじ》の背を眺《なが》めた。

鏡面に映る道反の巫女が、艶《つや》やかに微笑《ほほえ》んで一礼する。それを最後に、彼女の姿は波紋《はもん》とともに消えた。役目を終えた鏡が光を放って縮んでいく。道反でも同じ現象が起こっているはずだった。

この鏡は、必要があるときだけ発動するのだ。制御《せいぎょ》は意思ひとつ。水将が認可《にんか》した者のみが扱《あつか》えるのだが、今回は「道反に住まうもの」という大雑把《おおざっぱ》な括《くく》りにした。

よく物の怪がやってきては勾陣と状況報告をし合っていたが、道反の巫女や晴明に使用されるのが本来の姿である。朱雀や昌浩、彰子が、天一と話していたこともあるが、物の怪《もののけ》と勾陣が舌戦《ぜっせん》を繰《く》り広げている様が一番よく見る光景だった。

一時期玄武は、人知れず憂慮《ゆうりょ》した。

それもどうだろうか。どこか誤っているのではなかろうか。

が、置き土産《みやげ》をしてきた玄武に対し、全員が感謝していたので、深く考えることは途中《とちゆう》からやめた。

皆《みな》がいいなら、まあいいだろう。それが玄武の下した結論だ。

姿を見るだけで安心できる。そういう心理が、いまの玄武には少しだけ理解できるということもある。

「さて、と」

水鏡が消えると、晴明はよいしょと立ち上がった。

すみに置いてあった六壬式盤《りくじんちょくばん》を、腰《こし》をかがめて持ち上げようとする。玄武は慌てて腰を浮かした。

「待て、晴明。我が運ぶ」

「ん？　そうか、じゃあお願いするよ」

式盤を抱《かか》えて大儀《たいぎ》そうにしていた老人は、素直《すなお》に手を離《はな》した。代わりに、小柄《こがら》な神将が造作もなく式盤を持ち上げ、老人の指示に従って文台の横に移動させる。

十二神将は軒並《のきな》み強力《ごうりき》だ。見てくれに騙《だま》されると驚《おどろ》かされる。

六十年近く前のことを思い起こし、晴明は面白《おもしろ》そうに喉《のど》の奥でくつくつと笑った。

「晴明？　なんだ？」

訝《いぶか》る玄武になんでもないよと応《こた》えて、円座に腰を下ろす。

「——白虎」

名を呼ばれた風将は、刹那《せつな》の間を置いて顕現《けんげん》した。

「なんだ、晴明」

幾《いく》つかの書を文台の上に置きながら、晴明は静かに命じた。

「すまんが、道反に向かってくれ。勾陣の静養も、もういいだろう」

白虎は瞬きをして、快く了承《りょうしょう》した。

白虎が風をまとって西方の空に消える。

それを見送った朱雀は、晴明の部屋を囲む簀子《すのこ》で胡坐《あぐら》を組んだ。

帰還《きかん》した神将たちは、まず晴明の前に降りてくる。ここにいれば、誰よりも早く出迎《でむか》えることができる。本当は白虎に同行したかったが、安倍邸《てい》を離れるわけにもいかないと、朱雀は己《おの》れを理性で律した。

青龍や天后もいるから心配はないとわかっているが、闘将《とうしょう》三名が不在とあっては、必要以上に慎重《しんちょう》にならざるをえない。

早ければ夕刻。だが、彼の風は太陰のそれより速度が劣《おと》るので、帰還は日暮れすぎになると思われた。

胡坐を組んで動かない朱雀の背を、玄武は妻戸《つまど》の隙間《すきま》から一瞥《いちべつ》した。

「……見事に動かん」

「待ちわびた帰京だからな。好きにさせておやり」

式盤を見ながら書をめくっている晴明に、玄武はため息混じりに告げる。

「邪魔《じゃま》をするつもりは毛頭ない。そんなことをすれば、馬に蹴《け》られる」

玄武の口調は掛《か》け値なしに本気だ。それがおかしくて、晴明は顔をほころばせた。

文台には、昨日の夕刻に届けられた書状が乗っている。左大臣藤原道長から晴明に宛《あ》てられたもので、長雨がいつやむかを占《せん》じ、奏上するようにという内容だった。

道長に命じられるまでもなく、長雨に辟易《へきえき》していた晴明は、雲の流れを読んで大体のあたりをつけていた。

が、左大臣の指示とあっては、そんないい加減なことをしてはいられない。

「こういうのは、わしではなく吉昌が本職なんだがのぅ」

天文博士《はかせ》である吉昌のところにも、陰陽頭《おんみようのかみ》から下命があったはずだ。今頃《いまごろ》は、寮の天文部で官僚たちが先年までの記録などを徹底《てってい》的に調べ、風と雲の流れ、ここ最近の雨量なども照らし合わせていることだろう。

科学的なことは寮の役人たちの仕事だ。晴明が命じられたのは、式占《ちょくせん》をもって止雨《しう》の時期を読むことである。

しばらく作業していた晴明は、徐々《じょじょ》に険しい面持ちになって口数が減った。

部屋のすみに端座して見守っていた玄武が、主《あるじ》の眉間《みけん》に深いしわが刻まれるのを見て、漸《よう》うよ口を開く。

「晴明よ、どうした。あまり芳《かんば》しくない結果が出たのか？」

小柄な神将の問いかけに、晴明は無言で首肯《しゅこう》した。

玄武は驚いて瞬きをした。

「よもや、雨の止《や》む兆《きざ》しが見えないとでもいうのではあるまいな」

まさかそんなことはないだろうという予想のもとに発した台詞《せりふ》だったのだが、的中だったらしい。晴明は剣呑《けんのん》な風情《ふぜい》でひとつ頷《うなず》き、蔀《しとみ》を上げるよう指示した。

身軽な動作で立ち上がった玄武は、背《せ》伸《の》びをして半蔀《はじとみ》を上げる。思ったより難儀した。重さはまったく問題ではないのだが、いかんせん身長が足りないのだ。

「む……」

渋《しぶ》い顔で作業していたところ、物音で気づいた朱雀が、軒《のき》に下がった鉤《かぎ》で蔀を固定してくれた。礼を述べる玄武に片手をあげて見せた朱雀は、再び腰を落として西方の空を見はるかす。

晴明の許《もと》に戻《もど》った玄武は、主がいつになく険しい顔をしているのを見て、眉《まゆ》をひそめた。

重い雲の垂れ込めた空を、険のある鋭《するど》い目で睨《にら》んでいる。

まるで、雲の向こうを射貫《いぬ》きとおすような視線だった。

どれほどそうしていたか。

来客の気配がした。

玄武が首をめぐらせて、門のほうに意識を向ける。

やや置いて、露樹《つゆき》が文を手にしてきた。

文の主は左大臣藤原道長。

「昨日の今日で、何ごとか…？」

訝りながら文を開き、読み進める。晴明は軽く目を瞠《みは》って息を詰《つ》めた。

「なんと…」

「晴明？」

様子を窺《うかが》っていた玄武が瞬きをする。老人は文を下ろして屋根裏を仰《あお》いだ。

「やれやれ、午後はちと出かけるぞ」

「どこにだ。こんな雨の中、誰がお前を…」

気分を害した玄武が、険しい顔で言い募《つの》る。晴明は手をあげてそれを制した。

「仕方がない。さすがに断れん相手だ」

「道長か？」

「違《ちが》うよ。ほれ」

晴明が差し出した書面を一瞥し、さしもの玄武も言葉に詰まった。

文を書いたのは道長だが、晴明を呼んでいるのは、今上《きんじょう》の帝《みかど》だ。

「勅命《ちょくめい》とあっては、断れまいよ」

こんな悪天候で出かけるのは、気が重い。

文台に肘《ひじ》をつき、晴明は深々と息をついた。


午後、軽い昼餉《ひるげ》を済ませてから出かける支度《したく》をしていたところに、彰子が通りかかった。

「まあ。晴明様、お出かけですか？」

滅多《めった》に着ない直衣《のうし》姿の晴明を、彰子はしげしげと眺《なが》めている。

「似合いますかな」

好々爺然《こうこうやぜん》と笑って諸手《もろて》を軽く広げる晴明に、彰子は破顔した。

「はい。……こんな雨の中、いったいどちらに……」

晴明は参ったといわんばかりの顔で大仰《おおぎょう》にため息をついた。

「それが、急なお召《め》しがありましてなぁ。相手が主上《おかみ》とあっては、雨が降ろうと槍《やり》が降ろうと、参上せねばなりません」

晴明を呼び出した相手は、この国において最も御位《みくらい》高く、高貴な御仁《ごじん》だ。冗談《じょうだん》めかしてはいるが、晴明は半分以上本気で言っているのだろうということがわかった。

彰子は気遣《きづか》わしそうな顔をして尋《たず》ねた。

「ですが晴明様、この雨です。足場も悪いと、昌浩も言っていました」

「ああ、ご心配には及《およ》びません。じきに迎《むか》えの牛車《ぎっしゃ》が来る手はずになっているようで……」

ふと、風が流れた。ただの風ではなく、神気を帯びた風だ。

晴明は片目をつぶった。

「そら、きましたな。彰子様は、どうぞ奥に」

帝が向けた迎えだ。高貴な官人だろう。彰子の面相を見知った者である危険がある。

門を叩《たた》く音がした。次いで、先触《さきぶ》れの声が響《ひび》く。

「安倍晴明殿《どの》、お迎えに上がりました。開門を……わぁっ⁉」

轟《とどろ》いた叫《さけ》びに、彰子が目を丸くする。

「え…？」

「太陰に門を開けさせたのですが…あれは大概隠形《たいがいおんぎょう》しておりますからな。徒人《ただびと》には見えません」

澄《す》ました顔で飄々《ひょうひょう》と言ってのけた晴明に、彰子は苦笑《くしょう》しながら一礼した。

「では、失礼します。晴明様、お気をつけて」

「はい」

衣《ころも》の裾《すそ》を上げてぱたぱたと駆《か》けていく彰子の背が、見えなくなる。

ほぼ同時に、籬《まがき》の間から、正装した官人が姿を見せた。

相手を見て、晴明は瞠目《どうもく》した。

「これは、行成殿…！」

随従《ずいじゅう》の差しかける傘《かさ》の下で、衣冠《いかん》姿の行成が爽《さわ》やかに笑っていた。

「お久しぶりですね、晴明殿」

なるほど。右大弁と蔵人頭《くろうどのとう》を兼任《けんにん》する藤原行成ならば、非公式といえども帝の勅使《ちょくし》としては相応《そうおう》だ。

行成の傘に入り、牛車に向かいながら、晴明は背筋をのばした。

止む兆しのない雨と、帝の召請《しょうせい》。

胸の奥が奇妙《きみょう》にざわついている。

牛車に乗り込んで、走り出す。

どちらからともなく息をつき、口を開いた。

「行成殿、今回のお召しは、いったい…」

へたな小細工をする意味はないと判断して、晴明は核心《かくしん》をついた。

対する行成は、いささか驚《おどろ》いたように目を瞠ったが、すぐに頷く。

「実は、止雨の占《せん》とは別に、大事が生じているのです」

「なんですと…？」

怪訝《けげん》に眉根を寄せる晴明に、行成は声をひそめた。移動中の車内で、しかも外は雨だ。よほどの大音声でない限り、もれ聞こえることはないだろう。にもかかわらず、行成は最大限の用心をしている。

「行成殿、それは…」

「私が申し上げるよりは、大臣様と、神祇官《じんぎかん》に伺《うかが》われたほうが良いかと」

「神祇官ですと？」

反復する晴明に、行成は頷いた。

「そうです。神祇官の大中臣《おおなかとみ》氏が、今内裏《いまだいり》にて待っておられます」

晴明はいよいよ怪訝に思った。

陰陽道の陰陽師《おんみょうじ》と神祇官の大中臣氏とは、相容《あいい》れない間柄《あいだがら》だ。それが、内々とはいえ、帝の勅命をもって呼び出すとは。

行成はそれ以上を話すつもりはないようだった。というよりも、実は行成自身も詳《くわ》しい話を知らされていないのではないかと思われた。

晴明は諦《あきら》めて、今朝方物の怪《もののけ》と交わした会話を吟味《ぎんみ》することにした。

昌浩が朝餉《あさげ》をとっている間、物の怪は晴明の許を訪《おとず》れて、昨夜あったことをかいつまんで語った。

貴船《きふね》の祭神の様子が妙《みょう》だったというのがまず気にかかる。止《や》まない雨に、何かしら関係があるのだろうか。

それと、温明殿《うんめいでん》に出現したという正体不明の白い女だ。

——殿舎に入った女をすぐさま追ったんだが、忽然《こつぜん》と消えた

物の怪と朱雀、太陰、昌浩。四人の目をかいくぐり、まるで煙《けむり》のように消え失《う》せたのだ。

昌浩と太陰が一足先に抜《ぬ》け出た後も、徒人の目には見えないことを幸いに、物の怪と朱雀は女を捜《さが》した。殿舎の中、神殿以外のすべてを回り、どこにも見出《みい》だせなかったので捜索《そうさく》をやめ、外に出たのである。

妖気《ようき》とも霊気《れいき》とも違《ちが》う気配を漂《ただよ》わせていたという。それも、相当に強いものを。

まるで、俺たちが隠形するように、消えたんだ。

物の怪と並んでいた朱雀が、思慮《しりょ》深い風情《ふぜい》で言った。

出で立ちも、神将のそれに似通ったものがあったという話だ。

晴明は嘆息《たんそく》した。まったく、わからないことが次々に出てくるものだ。

「……晴明殿」

呼びかけられて、晴明ははっと我に返った。顔を上げると、気遣う様子の行成が、自分に視線を向けている。

「晴明殿であっても、やはり大中臣と聞くと、いささか構えてしまわれますか。申し訳ない、

ここであらかじめお話しできれば良いのですが……」

沈《しず》んだ目をする行成に、晴明は慌《あわ》てて手を振《ふ》った。

「いいえ、違うのですよ、行成殿。昨日大臣様より止雨《しう》の兆しを占《せん》じよとの文を受けておりましたので、その結果をどうお伝えすべきかと……」

晴明の言葉に行成は目を瞠《みは》った。

「と、申されるということは……」

晴明は、無言で肩《かた》を落として見せた。その仕草で意図を察し、行成は深く息をついた。

では、堤《つつみ》の整備に回す人員を増加しなければならない。

鴨川《かもがわ》の堤が本格的に決壊《けっかい》してしまうと、都の大路小路は水浸《みずびた》しになるのだ。二年ほど前にも決壊したことがあり、行成が防鴨河使《ぼうかし》の任に当たった。

当時の惨状《さんじょう》を思い起こすと胸の中が重くなる。あのときのような被害《ひがい》が出ないことを切に願う行成だった。

ふいに、牛車の揺《ゆ》れがひどくなる。路《みち》が雨でぬかるみ、ひどい有様になっているのだ。

泥《どろ》に輪をとられないよう牛飼い童《わらわ》と随従の者たちが必死になっている様子が、車中にいても手に取るようにわかる。

こんなとき、昌浩の式である妖車《あやかしぐるま》だったら、もっと器用に進めそうなんだがなぁ。

胸中でそんなことを考えた晴明は、妖車も見事に泥にはまって抜け出せなくなり、紅蓮に押してもらってようやくぬかるみを抜けたことなど知る由《よし》もない。

雨音と輪の音が響く中、牛車はようやく目的地に到着《とうちゃく》した。

車宿りに停まった牛車から降りる行成と晴明に、傘が差しかけられる。差しかけている随従たちは濡《ぬ》れ鼠《ねずみ》だ。

気の毒だが、彼らはそれが仕事なのだ。雨で冷え切っているだろう彼らが体調を崩《くず》さないよう、晴明は小さく呪《しゅ》を唱えた。風邪《ふうじゃ》を退ける禁厭《まじない》だ。

行成につづいて階《きざはし》を上り、待ち構えていた女房《にょうぼう》に先導されて進む。

風で斜《なな》めに降り注いだ雨が簀子《すのこ》を半分以上濡らしている。女房の衣の裾が水を吸い、少し変色していた。行成も晴明も、廂《ひさし》側の乾《かわ》いた場所を選んで慎重《しんちょう》に足を運ぶ。

これから帝《みかど》の御前《ごぜん》に伺候《しこう》するのだ。無様な姿を見せるわけにはいかないのである。

今内裏の寝殿《しんでん》についたふたりを、妻戸《つまど》の前に控《ひか》えていた女房が中へと誘《いざな》う。

御簾《みす》の下がった母屋《おもや》に、まだ年若い青年が座っていた。御簾を挟《はさ》んで母屋から一段下がった廂には、よく見知った左大臣と、見慣れぬ中年の貴族が、円座に腰《こし》を据《す》えている。

さらに、空の円座がふたつ、用意されていた。一方は廂の真ん中あたり、もう一方は廂と簀子の境である蔀《しとみ》ぎりぎりの位置だ。

左大臣道長は母屋のもっとも近い場に、中年男性は蔀近くの、空の円座と同じ程度の位置に座している。

「おお、待ちかねたぞ、晴明。行成、ご苦労だったな」

道長に目礼をして、真ん中に行成が、蔀側に晴明が、誰に言われるでもなく黙《だま》って腰を落とす。

「はっ」

老人は手をついて一礼した。

「安倍晴明、お召《め》しにより参上仕《つかまつ》りました」

と、御簾の向こうから、若々しいながらも落ち着いた感のある声が響《ひび》いた。

「久しいな、晴明。よくぞ参った」

晴明は深々とこうべをたれた。許可もなく帝と会話をすることは、恐《おそ》れ多くはばかられる。

帝の最も近くに座しているのは左大臣だ。この場合、晴明の言葉はすべて、道長が帝に奏上、という体裁《ていさい》を取らなければならない。

何しろ晴明は殿上《てんじょう》を許されていない身分だ。軽々しく声をかけようものなら、口うるさい上《かん》達部《だちめ》のお歴々が、あーだのこーだのといちゃもんをつけてくるだろう。

しかし、ここは非公式の場なのであった。

「主上《おかみ》に置かれましては、ご機嫌麗《きげんうるわ》しく……」

形式どおりの口上を並べる老人に、御簾の向こうに端座《たんざ》した青年は、手にした檜扇《ひおうぎ》で手のひらをぱしんと叩《たた》いて苦笑《くしょう》気味に言った。

「ああ、堅苦《かたくる》しい物言いはよい。この雨で私も気が滅入《めい》っているのだ」

本当にうんざりとしているのが、声ににじんでいる。晴明はそっと顔を上げた。

「朝議の席ならばいざ知らず、このような席でまでそれでは、ますます気持ちがふさいでしまうというものだ」

若い帝の言い草に、晴明は相好を崩した。何しろ帝は晴明の孫のような年の頃《ころ》である。己《おの》れの孫たちをかんがみれば、至高の位であったとしても、この発言は相応《そうおう》のものだろう。

それに、本音を言えば晴明は、相手が帝であろうが関白であろうが摂政《せっしょう》であろうが、表面は取り繕《つくろ》っても、心の内では、それがどうした、と考えている。大切なのは身分より人間性だ。

身分を振りかざすだけの貴族には、晴明は辟易《へきえき》していた。

「主上、そのような物言いは、ここだけにしたほうがよろしいかと存じますぞ」

すまして返す晴明に、帝は何度か頷《うなず》いた。

「そのつもりだ。……左大臣」

ひとしきり会話をして満足したらしい帝は、道長を促《うなが》して脇息《きょうそく》にもたれた。

応じた道長が帝に一礼し、次いで晴明に向き直る。

「晴明、これに参じたは、神祇大副《たいふ》に仕《つか》える大中臣の者だ」

道長の言葉に、彼より十は年嵩《としかさ》に見える中年男性が無言で会釈《えしゃく》した。

晴明もそれに応じた。神祇大副は従五位下。ということは、それに仕えるこの男の身分はさらに下である。晴明と同等か、それ以下か。
なるほど、それで晴明とほぼ同じ場所に座を構えていたのか。彼の身分から考えれば、殿上などありえない。非公式だからこそ、帝の御前に伺候できるのだ。
《人間とは本当に、堅苦しい決まりごとだらけだな》
晴明の傍《かたわ》らに隠形《おんぎょう》していた玄武が、半分呆《あき》れた風情でこぼした。それに対し、いささか覇気《はき》のない甲高《かんだか》い声が同意を示す。
《ほんとにね。……帝なんていっても、成親や昌親より年下なのよ？　いくら血統が大事って言っても、ねぇ》
《まったくだ》
と、そこに苦笑《くしょう》まじりの声が割って入った。
《確かにそうだが、皇家の血筋は一応天照の後裔《こうえい》だからな。みんなが尊ぶのにも、それなりの理由がある》
晴明はひとつ瞬《まばた》きをした。珍《めずら》しい、自分の護衛に三人もついてくるとは。せいぜいひとり、もしくはふたり。白虎の戻《もど》りを待っている朱雀が、よもや随従《ずいじゅう》しているとは思わなかった。
晴明のささいな表情の変化からそれを読んだのか、朱雀は心外なとでも言いたげな語調で告げてくる。

《役目を放棄《ほうき》したとあっては、天貴に責められるからな。俺は天貴が一番大事だが、天貴は誰よりもまずお前の身を案じる。ならば、するべきことはひとつしかないだろう》

己れの従える式神に「お前は二番目だ」と言い切られたわけだが、そんなことはとっくにわかっていた晴明は別段傷つくこともなく、ほほうなるほどと得心のいった様子だった。

朱雀の思考は意表をついて、だが決して不快ではないのだ。

《それは、いかがなものかと我は感じるぞ、朱雀よ》

《そうね、わたしも玄武と同意見だわ》

見えないものの、小柄《こがら》な神将たちがどんな顔をしているのか、声音《こわね》を聞けば予想はつく。

晴明はわざとらしく咳払《せきばら》いをして、笑いそうになったのを誤魔化《ごまか》した。晴明以外の誰にも、この会話は聞こえていないのだ。

「して、大臣様。火急の用とのことでしたが、いったい……」

晴明が口を切ると、道長と大中臣氏は頷きあった。口を開いたのは大中臣氏だ。

「私は、神祇《じんぎ》大副大中臣永頼《ながより》様の部下、神祇少佑《しょうじょう》大中臣春清《はるきよ》と申します」

春清は、常は神祇大副とともに神宮《じんぐう》に滞在《たいざい》し、大副永頼の補佐《ほさ》をしているということだった。

神祇官において、神祇大副はある意味特別な存在である。

伊勢《いせ》に鎮座《ちんざ》まします神宮の祭主と兼官《けんかん》なのだ。

晴明は記憶《きおく》を掘《ほ》り起こす。神宮の祭主は主神司《かみのつかさ》ともいったはずだ。

大中臣永頼と晴明は直接の面識はない。だが、名前くらいは心に留《とど》めてあった。何しろ天照大御神を祀《まつ》る神宮の祭主である。晴明も昔幾度《いくど》か伊勢《いせ》詣《もう》でに出向いたことがあった。

《神宮か…、懐《なつ》かしいな、晴明》

笑みのにじんだ声音は朱雀のものだ。頷くことはできないが、晴明はかすかに瞼《まぶた》を震《ふる》わせた。

ずっと昔、若菜とともに伊勢詣でに行ったことがある。夫婦《ふうふ》になったばかりの頃だ。

当時の女性は滅多《めった》に邸《やしき》を出ない。都を出るなどほとんどない。そんな女性たちが遠出をする機会といえば、当時もいまも変わらずに、伊勢《いせ》参詣《さんけい》と熊野《くまの》参詣だった。

神宮を詣《もう》でて、次は式年遷宮《せんぐう》の年にまた訪《おとず》れたいと目を輝《かがや》かせていた彼女の願いが、叶《かな》えられることはなかったが。

それでも晴明は、彼女とともに旅ができたことが幸せだった。ともに過ごした決して長くはない時の中でも、銀《しろがね》より金《くがね》より玉より色鮮《いろあざ》やかに輝いて、胸の奥深くにしまいこんである。

そこには、そう、ずっと昔に失ってしまった、朋友《とも》だった男もいたのだ。

まるで夢のように、晴明の脳裏《のうり》をよぎる光景がある。

それは、子どもたちにも孫たちにも絶対に見せない、晴明だけのものだった。

瞬きをして、晴明は息を吸い込んだ。いまは、それらを懐かしんでいるときではない。甦《よみがえ》ってきたものを再び胸の奥深くにしまいこみ、晴明は気持ちを切り替《か》えた。

7

「神祇少佑殿《どの》が、なぜこの場に？」

先ほど本人が言ったように、大副の補佐をする役目ならば、斎宮寮《さいぐうりょう》に詰《つ》めているはずだ。

春清は沈鬱《ちんうつ》に目を伏《ふ》せた。

「……来月、神宮は遷宮の儀《ぎ》を執《と》り行うことになっております」

春清の言葉に、晴明はかすかに眉根《まゆね》を寄せた。

確かに、今年は式年遷宮の年回りにあたる。ならば、伊勢の斎宮寮はいまが一番せわしないはずだ。

「失礼ながら……。そのような大事なときに、少佑殿が伊勢を離《はな》れておられることが、解せませんな」

晴明の疑問ももっともだった。道長や行成もそれを予測していたのだろう。黙《もく》したまま目で春清を促す。

「そのことで、晴明殿にお力添《ちからぞ》えをいただいてはどうかと、恐《おそ》れ多くも主上直々のお言葉を賜《たまわ》ったのです」

「主上から…？」

一瞥《いちべつ》した御簾《みす》の向こうで、影《かげ》が頷く。昼間とはいえ雨続きのせいで、寝殿《しんでん》内は灯《あか》りが必要なのではと思われるほどに薄暗《うすぐら》い。御簾越《みすご》しの玉体は、先ほどからずっと影しかわからないのだった。

問うような視線を向けられた春清は、強張《こわば》った面持《おもも》ちで言い継《つ》いだ。

「実は、永頼様におかれましては重い病を患《わずら》われ、場合によっては祭主の任を辞されるお覚悟《かくご》なのです」

「なんと……！」

そのまま絶句する老人に、春清は膝《ひざ》を握《にぎ》り締《し》めてうつむいた。

「任官たちはみな、回復を願っております。連日天照坐皇大御神《あまてらしますすめおおみかみ》に祈禱《きとう》を行っておりますが、その甲斐《かい》もなく、日に日に弱っていかれる…っ」

ふいに言い差し、一度唇《くちびる》を引き結んだ。

「……斎宮も、大副を案じられ、寮にて日々皇大御神《すめおおみかみ》に祈《いの》りを奉《ささ》げられている由《よし》にございます」

当代の斎宮は、今上《きんじょう》の従妹《いとこ》にあたり、その名を恭子《たかこ》女王という。

亀卜《きぼく》によって選定されたとき、恭子女王はわずか三つだった。

春清によれば、現在十七歳の斎宮は、ひと月ほど前からあまり体調が優《すぐ》れず、臥《ふ》せりがちなのだという。

「大副のみならず斎宮まで…。卜部《うらべ》が皇大御神にその意を伺《うかが》っても、神はお答えを見せてくださらないのです」

どうすればよいのか、斎宮寮の任官たちは、八方塞《はっぽうふさ》がりとなってしまった。

春清は老人に頭を下げた。

「晴明殿。このようなことを、貴殿《きでん》にお頼みするのは、筋違《すじちが》いなのは重々承知しております。ですが、もはや我らにはなす術《すべ》がなく、万策も尽《つ》き果ててしまった」

深々とこうべをたれて、春清は懇願《こんがん》した。

「貴殿ならば、大副の病を、病の元を占《せん》じ、取り去ることかなうやもしれません。どうか、この大事にお力添えを……！」

晴明は、すぐには返答できなかった。

彼は陰陽師《おんみょうじ》である。神の力を借り、神の意を伺い、祝詞《のりと》を唱えて祓詞《はらえことば》を口に乗せることはままあれど、基本的に神祇官と陰陽寮《りょう》は平行線で、交わることなどないのだ。

陰陽道側は比較的《ひかくてき》柔軟《じゅうなん》で、神道《しんとう》も仏教も密教も修験道《しゅげんどう》も、必要となったら使う。

しかし、高天原《たかまがはら》の最高神たる天照坐皇大御神を仰《あお》ぎ、山より高く海より深い絶対の矜持《きょうじ》を持った神祇官が陰陽道に歩み寄ってきたことなどないはずだ。まさに前代未聞《みもん》である。

咄嗟《とっさ》に判断がつきかねている晴明に、それまで黙していた行成がようやく口を開いた。

「晴明殿、お力添えを、私からも頼みたい」

見れば、行成は真剣《しんけん》そのものだった。

「この長雨も、神宮の変事に何かしらのかかわりがあるのではないかと、主上《おかみ》がいたく気に病《や》んでおられるのだ」

ゆえに、道長を通じて、晴明を召《め》したのである。

勅使《ちょくし》を差し向けなかったのは、神宮の変事が国家の大事として広まってしまった場合、いらない風聞が流れて万民《ばんみん》の心に不安が生じてしまうだろうことを、懸念《けねん》したためであった。

「晴明、病も癒《いや》し、死せる者すらも黄泉還《よみがえ》らせる秘術を得ているというお前ならば、神祇大副と斎宮をお救い申し上げることもできようと、主上が仰《おお》せなのだ」

重々しい左大臣の言葉に、晴明は眉間《みけん》にしわを寄せた。

主上が仰せ。ということは、非公式であろうと内々であろうと、紛《まご》うことなき勅命《ちょくめい》ではないか。晴明に否《いな》やを唱える術はない。

正面を向き直り、晴明は低頭した。

「この晴明がいかほどお役に立てるかはわかりませんが、主上の仰せとあらば、謹《つつし》んで拝命賜ります」

御簾の向こうから、安堵《あんど》の声がもれてきた。

「よく言ってくれた、晴明。これで私も、胸の重りがはずれる」

晴明は、春清を横目で一瞥し、怪訝《けげん》な顔をした。

うつむいて頭を下げている神祇少佑は、しきりに唇を動かしている。だが、決して音にはせずに、堪《こら》える様子で歯嚙《はが》みしていた。

早々に占《せん》をと命じられ、晴明は帝の御前《ごぜん》を退出した。

道長と行成、春清はまだその場に留《とど》まっている。伊勢のことで、なにか話が残っているのだろう。神宮《じんぐう》に係《かか》わることは、晴明には関係がない。

牛車《ぎっしゃ》で送ってくれる手はずなので、先導の女房《にょうぼう》のあとにつづきながら、晴明は小さくぼやいた。

「卜占《ぼくせん》でも祈禱でも神祇官《じんぎかん》の総力を挙げてやればよかろうに、なんでまたわしのところにお鉢《はち》が回ってくるんじゃ」

辟易《へきえき》した呟《つぶや》きに、神将たちが苦笑《くしょう》しているのがわかる。だが晴明は収まらない。

結局、長雨の占に関しての話は一切《いっさい》出なかった。長雨よりは神宮のほうがより重要ということなのだろうが、前者とて大事なのには変わりがないはずなのだ。

「まったく、なぁ……」

嘆息《たんそく》する晴明の肩《かた》を、小さな手がなぐさめるように叩《たた》いたようだ。おそらく太陰だろう。玄武では肩に届かないし、朱雀にしては小さすぎる。

「晴明殿、お足元に気をつけられませ…」

時々振《ふ》り返りながら気遣《きづか》ってくる女房に、晴明は薄《うす》く笑って頷《うなず》いた。

そんな老人の背を、見つめる人影《ひとかげ》があった。

対屋《たいのや》の簀子《すのこ》に立って、柱に手をかけたひとりの女房が、晴明を凝視《ぎょうし》している。

その視線はまるで夜闇《よやみ》のように冷たく、揺《ゆ》れることがなかった。

「………安倍、晴明」

呟いてうっそりと目を細め、女は身を翻《ひるがえ》した。

◆　◆　◆

貝合わせの蛤《はまぐり》を並べていた脩子は、手を止めて顔を上げた。丸い目が、驚《おどろ》きを宿している。

「あべのせいめいが、きていたの?」

問われた女房は頷いた。

「はい。なんでも、主上のお召しで、内々にということでしたわ。わたくしたちも、晴明殿《どの》が退出なされてから知ったのです」

持っていた貝を取り落とし、脩子は顔を歪《ゆが》めた。

「おかあさまのことは、しらせなかったの？　おとうさまは、せいめいになにもいわなかったの？」

膝立ちで移動してきて言い募《つの》る脩子に、女房は困惑《こんわく》したそぶりを見せる。

「それが……」

しばし言い澱《よど》み、彼女は仕方ないという風情《ふぜい》でつづけた。

「皇后《こうごう》様御自身が、無用だと仰せられた由にございます」

脩子は目を見開いた。

「どう、して…！」

思わず、母のいる対屋を振り返る。御簾《みす》と蔀《しとみ》が視界をさえぎるが、視線の先には皇后定子《さだこ》の対屋があるのだ。

「おかあさまだって、おからだのぐあいがよくないのに……。おなかに、みやか、ひめみやが、いるのに……！」

定子は懐妊《かいにん》中だった。腹部が目立ってふくらんできた頃《ころ》から、体調不良を訴《うった》えて、床《とこ》につくことが多くなった。

見舞《みま》いに行きたかったが、行けば母が脩子を気遣う。寂《さび》しく思う気持ちを読み取って、青白い顔で微笑《ほほえ》み、本当は横になっていたほうがいいのに無理をして起き上がり、抱《だ》きしめてくれるのだ。

それはとても嬉《うれ》しくて、泣きたいほどに幸せだったが、母の冷たい指や頬《ほお》に、心がすうっと冷えていくのを感じてもいた。

脩子の弟敦康親王《あつやすしんのう》も、定子の許《もと》から離《はな》された。いまは別の対屋で乳母《めのと》が面倒《めんどう》を見ている。目の届くところで我が子がむずかれば、母親は起き出そうとするものだ。それを案じた帝が、そうするよう命じたのである。

今上《きんじょう》の帝は、定子をことのほか寵愛《ちょうあい》している。脩子のことも敦康のこともそれはそれは可愛《かわい》がっているが、妻と子とでは違《ちが》うのだ。彼の心はどちらかといえば、子どもたちより定子に比重があるのだった。

両親が仲睦《なかむつ》まじいのは嬉しい。ほかにもたくさん后《きさき》がいて、左大臣の娘《むすめ》である中宮《ちゅうぐう》は特に、脩子にとっては許せない存在だったが、寄り添《そ》っている父母の姿を見ていれば、そんな気持ちも薄れていくのだった。

左大臣道長は、血筋の上では脩子の大叔父《おおおじ》になるのだ。だが、母を悲しませている張本人という意識がどうしても拭《ぬぐ》えない。顔を合わせても、うつむいて何も言わないことが多い。

道長はそのたびに息をついている。

「せいめいは、もうこないの？　よびだすことはできないの？」

脩子の詰問《きつもん》に、女房は首を振った。

「わたくしには、なんとも……」

落胆《らくたん》してがくりと肩を落とす姫宮《ひめみや》が不憫《ふびん》で、かける言葉が見つからない。

狼狽《ろうばい》している女房に、別の女房が助け船を出した。

「姫宮様。明日、皇后様にお会いして、お頼《たの》み申されてはいかがでしょう。晴明殿をお召しくださいませと」

脩子はびくりと肩を震《ふる》わせ、そろそろと視線を向けた。

いつの間にか近くに端座《たんざ》していたのは、かすかに微笑んだ阿曇だった。

「……え……」

阿曇は笑《え》みを深くする。

「皇后様がご遠慮《えんりょ》なさるのは、主上にご心配をおかけしたくないと思われてのことに、ほかなりますまい。ですが、姫宮様がお願いになれば、お心が変わられるやもしれませんわ」

阿曇の言葉に、もうひとりの女房はほっとした様子で大きく頷いた。

「ああ、そうですわ、姫宮様。ぜひそうなさいませ。姫宮様が仰《おお》せになれば、きっと皇后様も晴明殿をお召しになるでしょう」

脩子は瞬《まばた》きをして、目を泳がせた。

そうだろうか。そうしたほうがいいかもしれない。だが、その提案が阿曇によってされたものだということが、彼女の心に暗い陰《かげ》を落としている。

「……かんがえて、みる…」

ようやくそれだけ口にすると、女房は安堵の笑顔で頷いた。誰かが彼女を呼ぶ声がする。

「あら…。阿曇、お願いね」

「はい」

女房が行ってしまう。脩子は声もなく手をのばした。

その手を、横合いから阿曇が摑《つか》む。脩子は息を詰《つ》めた。

「……っ」

阿曇のほうを向かされて、脩子は及《およ》び腰《ごし》になった。幼い姫宮に顔を寄せて、阿曇は深く微笑む。

「さあ、姫宮様。少しお休みになってはいかがですか」

まだ宵《よい》にも入っていないが、外は夕方のように暗い。

「皇后様のことがご心配でしょうけれど……。姫宮様も、お顔の色が優《すぐ》れませんわ」

一歩、脩子が足を引く。だが、阿曇は脩子の手を離さない。

「ご安心なさいませ。姫宮様がお休みになるまで、……いいえ。お休みになっても、ずっと、おそば近くに控《ひか》えております」

脩子の肩が、目に見えて震えた。気づいているはずなのに、阿曇は表情をまったく変えない。

「ずっと。……姫宮様が、どこにも行かれませんように、お近くにおりますわ……」

「…………」

声がでない。

脩子は阿曇の手を夢中で振り払《はら》い、母屋《おもや》の奥にある帳台に逃《に》げ込んだ。

頭を抱《かか》えてうずくまる。

たすけて、たすけて。

だれかたすけて。こわい。

こわい。こわい。

あの目が自分を、ずっと見ている。

あの目がずっと、自分を捉《とら》えている。

逃げられないように、囚《とら》えている。

「………て…」

こわい。

だれか、たすけて――――。

◆　◆　◆

音が聞こえる。
さあさあと、雨の音がする。
ざざ、ざざ、ざざ、ざざ。
激しさを増した雨の音。少しずつ大きくなって、強くなって。
雨の音が。
いいえ、あれは雨ではなくて、鳴神《なるかみ》の轟《とどろ》きだ。
鳴神が怒《おこ》っている。どうどうと、怒りをあらわにして、猛《たけ》り狂《くる》っている。
ざざ。ざざ。ざざ。ざざ。
いいえ、雨ではない、鳴神でもない。
では、あれはなに。
ざざ。ざざ。ざざ。ざざ。

この音は、なに。鳴神にしか聞こえない、これは。

――知らないだろう、お前は
――これは。お前が知らないこれは
――……の、音
――お前を呼んでいる、この音を
――もうじきその耳で、聴《き》くことになる

ざざ。ざざ。ざざ。ざざ。

これは、なんの音。
そして。
あそこで視《み》ている、あれは、誰――?

◆　◆　◆

はっと瞼《まぶた》をあげて、脩子ははね起きた。
心臓がどくどくと早鐘《はやがね》を打っている。
息が上がる。まるで、得体の知れない何かに追い回されて全力疾走《しっそう》をしたようだった。
「……っ……っ」
じわりと涙《なみだ》がにじんでくる。
いつの間にか眠《ねむ》っていたようだ。頭を抱えてうずくまっている間に。
耳を澄《す》まして、彼女は目許《めもと》を拭《ぬぐ》った。
さあさあという音がする。
あれは、何の音。
夢を見た。何の夢だったろうか。これによく似た音を聞いた気がする。
「……にて…た…？」
呟《つぶや》いて、脩子は激しく頭《かぶり》を振《ふ》った。
違《ちが》う、雨音とはまるで似ていない、大きくて、強くて、激しくて、恐《おそ》ろしい音だった。

自分を抱えるようにしながら、脩子は必死で呼吸を繰《く》り返した。

「あれ…なに……だれ……」

あの音が聞こえる場所で。鳴神のような恐ろしい音が響《ひび》くところで、とても怖《こわ》いものが、自分を凝視《ぎょうし》している。

視ているのだ。

呼んでいるという、あの声。あれは、いったい。

考えて、けれどもあまりにも恐ろしくて、考えることを放棄《ほうき》した。

耳をふさいで目を閉じて、彼女は懸命《けんめい》にそれらを打ち消す。

だが、幼い心に刻まれた恐怖《きょうふ》は、そう簡単にはぬぐい去れない。

たすけて、たすけて。こわい。こわい、だれか。

ふらふらと立ち上がり、脩子は帳台を出た。暗い。怖い。

近くに誰かがいる気配はない。そろそろと足を進めて、あの恐ろしい女房《にょうぼう》がいないことを確かめる。

涙がこぼれそうだった。声を出したら堰《せき》を切ってあふれてしまいそうで、唇《くちびる》を噛《か》んでぎりぎりの感情を押しとどめる。

母に会いたかった。青白い面差《おもざ》しを思い描《えが》いて、そのまま対屋《たいのや》を出る。

雨が降っている。雨音が強く、大きくなった気がする。空はいつもどんよりと暗く、重く垂れ込めて、気も心も晴れないでいる。

太陽が出れば、こんな不安はなくなるはずだ。なのにどうして太陽がどこにもないのだろう。あの雲が隠《かく》しているのか。それならば、なぜあの雲はずっと空を覆《おお》っているのだ。

このまま日が消えて、夜だけがこの世を覆ってしまう、そんなえもいわれぬ恐怖がもたげて、脩子の心を搦《から》め捕《と》るようだった。

「お、かあ、さま……っ」

足がもつれてうまく進めない。濡《ぬ》れた簀子《すのこ》が冷たい。はだしも濡れて、手をついている高欄《こうらん》も濡れている。斜《なな》めに落ちてくる雨が脩子の髪《かみ》を撫《な》でていく。

額も、頬《ほお》も、首も、肩《かた》も、すべて雨に撫でられる。

雨に全身を搦め捕られていくようで、脩子は震《ふる》え上がった。

そのとき、視界のすみで誰かが動いた。彼女が振り向くより早く、驚《おどろ》いた声が響く。

「姫宮様《ひめみや》？」

脩子は足を止めて、声のしたほうを顧《かえり》みた。

雨と涙でにじむ視界に、見知った顔があった。

「……ゆきなり…？」

茫然《ぼうぜん》と呟く脩子の許に、藤原行成は慌《あわ》てて駆《か》け寄ってくる。

やってきた行成は、濡れるのも構わずに膝《ひざ》をつき、視線を彼女のそれに合わせた。

「どうされました、脩子様。そんな、痛々しい面持ちを……」

案じてくれている声音《こわね》と、気遣《きづか》う表情は、本物だった。

藤原行成は、ことあるごとに定子の許を訪《おとず》れる、数少ない公達《きんだち》だった。定子の女房である少納言《しようなごん》とも親しい間柄《あいだがら》だ。

脩子のことも乳飲《ちの》み子《ご》の頃《ころ》から知っている。知っていると言っても、几帳《きちよう》や御簾《みす》越《ご》しに声を聞いていただけなのだが。

脩子が歩けるようになり、内裏《だいり》の登華殿《とうかでん》や竹三条宮《たけさんじようのみや》を好きなように動き回るようになってからは、図《はか》らずも対面する機会が増え、顔を覚えた。

行成は脩子を見つけるたびに、優《やさ》しく笑って膝を折る。そうして、脩子を捜《さが》しに女房たちがやってくるまで、相手をしてくれるのだ。

脩子はだから、行成が好きだった。

「姫宮様、女房たちはどうしたのですか」

夢うつつのような気分で行成を見ていた脩子は、その言葉で現実に引き戻《もど》された。

はっと我に返った脩子は、怯《おび》えた様子で視線を走らせる。その目に恐れを認め、行成は怪訝《けげん》そうに眉《まゆ》をひそめた。

「脩子様、いったい……」

どうされたのですか、とつづけようとしたとき、背後から声がした。

「まあ、申し訳ございません、右大弁様」

行成は肩越《かたご》しに振り返った。だから、瞬時《しゅんじ》に強張《こわば》った脩子の面持ちを見ることはなかった。

彼を前にしてゆるみかけた緊張《きんちょう》の糸が、反動で一気に張り詰《つ》めたかのようだ。

硬直《こうちょく》している脩子の傍《かたわ》らに寄り添《そ》った阿曇は、小さな肩にそっと両手を置いた。すくんだ脩子はぴくりとも動けない。

「ずっとおそばに控《ひか》えていたのですけれど、少し席を立ったいとまに、帳台を抜《ぬ》け出てしまわれたようで……」

申し訳なさそうに目を伏《ふ》せる女房に、行成は少しの叱責《しっせき》を含《ふく》んだ物言いをした。

「今後は、決して目を離《はな》すことのないよう申し渡《わた》しておくぞ。いまもっとも大切な御身《おんみ》だ、もしものことなど、万に一つもあってはならない」

行成の台詞《せりふ》を受け、女房は殊勝《しゅしょう》にうなだれた。

「はい…。以後は、決して」

そうして女房は、何気ない口調で問いかける。

「右大弁様。いまもっとも大切な御身、とは…？」

行成は、失言に気づいた顔で言葉に窮《きゅう》した。女房は顔を上げて首を傾《かたむ》ける。

「姫宮様に、何か…」

「……言葉の綾《あや》だ。主上《おかみ》も皇后《こうごう》様も、皆様《みなさま》大切な御身である。姫宮様とて同じ」

くれぐれもと言い置いて、行成は下がっていった。

それを見送っていた女房は、笑《え》みを作ったまま、低く呟いた。

「……それは、どういう意味であろうな、右大弁よ」

行成と対していたときとは打って変わった冷酷《れいこく》な響きが、そこにあった。

「姫宮は大切。…そうだとも、この上もなく、な……」

頭上から降ってくる恐ろしい声に、脩子は指一本動かすことができない。

彫像《ちょうぞう》のように硬直したまま、胸の奥で彼女は悲鳴を上げていた。

8

もうじき退出だ。

細々とした仕事に追われていた昌浩は、鐘鼓《しょうこ》の響きを聞いて、そっと息をついた。

「雨だと、時間がわからなくなるねぇ」

弱りきった声の昌浩に、お座りをしている物《もの》の怪《け》が空を仰《あお》ぎ見る。

「だなぁ。こう暗いと、もう夕方なのかと勘違《かんちが》いしそうだ」

「あ、それ言えてる」

料紙を用意して文台につき、墨《すみ》と筆の準備をする。葉月に入ってからの雨量のまとめと清書を命じられたのだ。

清書したものを冊子にして綴《と》じる。ずっと保管されるものだから、気が抜けない。

毎月の暦《こよみ》は、その月が終われば廃棄《はいき》されるので、あちらのほうが気が楽なのだ。

「……お、行成だ」

物の怪が首をめぐらせる。昌浩も手を止めて、物の怪の視線を追った。

確かに藤原行成だったが、何やら面持ちが険しい。

胡乱《うろん》な目をして立ち上がり、素通《すどお》りしかけた行成を呼び止めた。

「行成様」

しかし行成はそのまま歩いていく。昌浩はもう一度、先ほどより大きな声を発した。

「行成様」

己《おの》れの思考に没頭《ぼっとう》していた行成は、ようやく足を止めて振《ふ》り返った。

「ああ、昌浩殿《どの》か」

廊《ろう》に出て行成の近くへと歩を進めた昌浩は、首を傾《かし》げて尋《たず》ねた。

「どうされたんですか。なんだかとても、険しい顔をなさっていますが……」

「そーそー。ほれそこ、この、眉間《みけん》のところ。こーんな筋ができてるぞ行成ー」

昌浩の隣《となり》に直立した物の怪が、自分の眉間を示しながら声をあげる。

さりげなく物の怪を足でのけるようにして、昌浩は気遣わしそうな顔をした。

「お疲《つか》れなんじゃありませんか。鴨川《かもがわ》の堤《つつみ》のこととか、再建の遅《おく》れも……」

言い募《つの》る昌浩に、行成は、目の覚めたような面持ちで首を振った。

「ああ……。いや、それはいいんだ。……いや、よくないな」

発言を訂正《ていせい》して、行成は首の後ろに手をやりながら軒《のき》の屋根裏を見上げた。

「いけないいけない、少し混乱している」

昌浩は目を丸くしていた。

出仕《しゅっし》するようになってから、ことあるごとに行成とは顔を合わせているのだが、こんなに落ち着きのない、切羽詰《せっぱつ》まったような印象を受けるのは初めてだ。

怪訝にしている昌浩に、行成はとりなすような笑みを向けた。

「まずいな。こんなに気もそぞろでは、仕事に支障が出てしまう」

苦笑《くしょう》は、自分自身に向けたものだろう。

「昌浩殿は、もうすぐ終わりかい?」

用意されている料紙と筆記用具を眺《なが》めながら目を細めた行成は、もういつもの彼に戻っていた。切り替《か》えが早い。もっとも、こうでなければ政《まつりごと》にはかかわっていられないのだろう。

「あれを片づければ、今日の仕事は多分終わりです。行成様はいかがですか?」

「私は、そうだね。たぶんまだまだ帰れないなぁ」

その言葉に昌浩は破顔した。

「やはり、有能な方のところにはたくさん仕事が集まってくるんでしょうね。今内裏に参内されてからこちらに出仕ともなると、余計な時間もかかるでしょうし……」

昌浩の足元で、物の怪は器用に前足を交差させてうんうんと頷《うなず》いた。

「だよなぁ。牛車《ぎっしゃ》で移動してるっていったって、やっぱり時間かかるもんなぁ」

ひょいと昌浩の肩《かた》に飛び乗って、物の怪はひらひらと前足を振った。

「ま、頑張《がんば》れよ、行成。お前みたいないい奴《やつ》が出世してくれれば、この国の政が横道に逸《そ》れることはないはずだ」

したり顔で滔々《とうとう》と語る物の怪を、昌浩は思わず一瞥《いちべつ》する。

「ん？　たぶんな、うん」

ほんとかよ、と、声に出さずに目で伝えたのだが、ちゃんと読み取った物の怪だ。

こういうのも以心伝心というのだろうか。何かが違《ちが》う気もするが。

昌浩を眺めていた行成は、ふと目をしばたたかせて、東の方に目を向けた。何かを案じるように、目許《めもと》に翳《かげ》りが生じる。

「行成様？」

同じように東の方に目を向ける昌浩に、行成は視線を向けて瞼《まぶた》を伏せた。

「……先ほど、今内裏《いまだいいり》で、姫宮《ひめみや》様をお見かけしてね」

思いがけない名前を聞いて、昌浩の心臓が反射的にはねた。

「え…？」

そんな昌浩の様子には気づかず、行成は淡々《たんたん》とつづける。

「随分《ずいぶん》ひどいお顔をされていて。……お気の毒になってしまったよ」

「おい行成、どういう意味だ？」

物の怪が口を開くが、行成には当然聞こえない。代わりに昌浩が尋ねた。

「あの、行成様。それはどういう意味ですか？」

「皇后様《こうごう》が、体調が優《すぐ》れずに臥《ふ》せりがちでおられる。姫宮様は聡《さと》い方だが、それでも御歳《おんとし》五つだ。まだまだ甘えたい盛りだろうに……。いとけないお方が気丈《きじょう》に堪《こら》えておられる姿が、不憫《ふびん》でね……」

それに、と、行成は唇《くちびる》を動かした。彼の目が、もっと別の何かを憂《うれ》えているのが見て取れる。

昌浩も物の怪もそれに気づいた。だが、行成はそれ以上口にすることはなく、話を終わらせるように頭《かぶり》をひとつ振った。

「それじゃあ昌浩殿、あと少し、頑張って」

「はい。ありがとうございます」

頭を下げる昌浩に笑みを残して、有能な官吏は中務省《なかつかさしょう》のほうに消えた。

昌浩はしばらく、そこから動かなかった。

今内裏にいる内親王《ないしんのう》脩子。

官人たちはあずかり知らないことだが、昌浩と脩子には、浅からぬ因縁《いんねん》がある。

助けたことがある。助けられたこともある。

母を求めて泣いていた姿が、脳裏《のうり》に浮《う》かんで消えた。

いままた皇后定子の容態が思わしくなく、脩子はひとりきりで耐《た》えているのかもしれない。

昌浩がそういうと、物の怪は耳をそよがせてううんと唸《うな》った。

「やー、ひとりってことはないだろう。内には舎人《とねり》や女官が詰《つ》めてるんだし。脩子にだって御《お》付《つ》きの女房《にょうぼう》のひとりやふたりやさんにんやよにん……」

言葉を並べていた物の怪が、唐突《とうとつ》に押し黙《だま》って渋《しぶ》い顔になった。

「ん？　どしたの、もっくん」

尋ねる昌浩を見もせずに、物の怪はあさってを向いた。

「……ちょっとな、思い出した」

わしわしと首の辺りを掻《か》き回し、物の怪は半眼になる。が、耳をそよがせて息をつき、首をしゃんとあげた。

「ま、いい。終わったことだ」

その口ぶりで、物の怪が何を思い出したのか、昌浩はなんとなく察した。

以前敵対していた頃《ころ》、風音は脩子付きの女房として内裏に潜入《せんにゅう》していたのだ。

白い頭をよしよしと撫《な》でる。言葉にして己れに言い聞かせるのは、自分の中で未だにうずくものがあるからだ。

物の怪は、ずっとそれから目を背《そむ》けていた。痛くて痛くて、直視することができなかった。

だがいまは、それと向き合おうとしている。

起こってしまったことを完全に消し去ることはできない。すべてを忘れてしまわない限り、それは命ある限りついて回るのだから。

なかったことにはできなくとも、時間をかけて傷を癒《いや》すことはできる。傷痕《きずあと》は残るだろう。

けれどもいつか痛みは消える。そうしていつか、ふとしたときに思い出し、懐《なつ》かしささえ感じられるようになったとき、初めて本当に救われるのかもしれない。

「なんだよ」

不機嫌《ふきげん》そうに身をよじる物《もの》の怪《け》を、昌浩は構わずに撫でた。その手をどけるように尻尾《しっぽ》をぱたぱた振っていたが、やがて諦《あきら》めたのかおとなしくなる。

仕事に戻《もど》った昌浩は、手を動かしながら思った。

行成は、最後に何を言いかけたのだろう。

幼い姫宮が不憫で。それに。

あの憂えた瞳《ひとみ》には、何かもっと別の理由がある、そんな風に見えた。

行成自身も激務でやせたように見える。だが彼は気力でもたせているようだ。昌浩にもそういうことは覚えがあるが、ああいうときは気力が尽《つ》きたら本当に動けなくなるのだ。

少しでも余裕《よゆう》を見つけて、休養をとるようにすると、いいのだろうが。あそこまで有能で重《ちょう》用《よう》されていると、それも難しいのかもしれない。有能すぎるのも考えものだ。

とすると、成親はとてもいい塩梅《あんばい》に調整しているのかもしれない。

何しろ適度に仕事をこなして適度に手を抜《ぬ》いて、適度な評価と適度な諦めをもぎ取っている。ように、昌浩には見える。昌浩の知らないところできっと色々あるのだろうが、さし当たって行成のように忙殺《ぼうさつ》されている姿にはお目にかかったことがない。

行成もすごいが、成親もそれなりにすごいのかもしれない。逆の意味合いだが。

「……気になるか？」

近くで丸くなっていた物の怪が、唐突に口を切る。昌浩が手を止めて目を向けると、夕焼けの瞳が東のほうを示した。

「あー……」

そっちもあった。

ひょいと起き上がり、物の怪は目をすがめた。

「おやぁ？　俺はてっきり、脩子のことを考えてるんだと思ってたんだが」

近くにひとがいないことを確認《かくにん》して、昌浩は声をひそめた。

「それも勿論《もちろん》気にはなってるよ。行成様が言ってたの、脩子姫のことだし」

硯《すずり》の墨《すみ》を筆先に含《ふく》ませて、昌浩は背筋を正した。

「――あとで、太陰か白虎に頼《たの》もうかな」

物の怪はにやりと笑った。

「いいんじゃないか？」

「うん」

たとえ、相手が帝《みかど》の子どもで、本当だったらお目にかかることなんて一生ないだろう姫であっても、昌浩はかかわりを持った。

その縁《えにし》は誰も知らないものだが、心を向けてはいけないという理由にはならないはずだ。

「ちょっと様子見くらいだったら、たぶん大丈夫《だいじょうぶ》だよな」

「近くに御《お》付《つ》きの女房もいるだろうしなぁ。ほれ、あれだ、近くに誰かがいたら、俺が覗《のぞ》いてきてやろう」

「おお、その手があった。さすが物の怪」

途端《とたん》に物の怪が牙《きば》を剝《む》いた。

「俺は物の怪と違《ちが》うっ！　いい加減意識を改めろ、晴明の孫！」

「孫言うなっ！」

だんだん声の音量が上がっているのだが、昌浩は気づいていない。

ちょうどそこに通りかかった敏次は、足を止めてこの上なく胡乱《うろん》に呟《つぶや》いた。

「……昌浩殿《どの》、大丈夫か…？」

◆　　◆　　◆

鐘鼓《しょうこ》の響《ひび》きを聞いて、青年は足を止めた。

「これが、時を告げるのか……」

感嘆《かんたん》して視線をぐるりとめぐらせる。

大内裏《だいだいり》はおろか、都に足を踏《ふ》み入れたのも初めてだ。

しばらくそうやって、初都の感動をじっくり味わうと、彼は姿勢を正してまっすぐ前を向いた。

目の前にあるのは朱雀門《すざくもん》。この先が、この国の中枢《ちゅうすう》である大内裏なのだ。


安倍成親は、陰陽寮《おんみょうりょう》の暦博士《れきはかせ》だ。そして、参議の娘婿《むすめむこ》という肩書《かたが》きも持っている。

朝廷《ちょうてい》内部においては後者の肩書きのほうが重いのを知っている彼は、あまりやっかまれないよう絶妙《ぜつみょう》に立ち回りを演じて今日まで生きてきた。これからもそうしていくのだろう。

さして大変ではないが、面倒《めんどう》ではある。しかし、それをやらないとついうっかり抹殺《まっさつ》されかねない。それが大内裏の恐《おそ》ろしいところだ。

そんな彼なので、大内裏でその日に起こったことの過半数は把握《はあく》していた。最良の立ち回りをするために、情報は一番大切だ。

珍《めずら》しく定刻で仕事を終わらせた成親は、一生懸命《けんめい》筆を走らせている末弟《まってい》を見つけた。

「おー」

気づいた物の怪が耳を持ち上げる。さらさらと筆を動かしている昌浩は脇目《わきめ》も振《ふ》らない。

「すごい勢いだなぁ」

しみじみと感心している成親の肩《かた》にひょいと飛び乗って、物の怪は半眼になった。

「もうすぐ終わり、てときに、追加分がきたんだ」

なるほど、様々な感情を、いま昌浩は料紙にぶつけているわけだ。実に健全で、正しい方向性である。

しばらく無言で昌浩を眺《なが》めていた物の怪は、ふと瞬《まばた》きをした。

「そうだ。おい、成親よ」

「ん？」

人目があるので視線を向けずに返答する。物の怪は気にした風もなくつづけた。

「内裏の不穏《ふおん》な気配なんだが、お前は何か目新しい情報を持ってないのか？」

成親はちらと視線を向けてきた。喉《のど》の奥で唸《うな》っている。

「……内裏の気配に関しては特にないが、珍事《ちんじ》が起きたことは起きた」

「なんだ？」

南東を一瞥《いちべつ》し、成親は飄々《ひょうひょう》と答える。

「斎宮寮《さいぐうりょう》の任官が伊勢《いせ》から出てきたそうだ」

物の怪は目を丸くした。

「斎宮寮…？」

「ああ。それで、急遽主上《きゅうきょおかみ》に拝謁《はいえつ》の運びとなったそうなんだが……」

言い差して、成親はこめかみの辺りを掻《か》いた。

「昨日だったか一昨日《おととい》だったかにも、伊勢から出てきた神祇少佑《じんぎしょうじょう》が、主上に拝謁したらしいんだよなぁ。斎宮寮で何かあったのかねぇ」

陰陽寮には直接かかわりがないので、それ以上は知らないのだが。

物の怪は、何か引っかかりを覚えて首をひねった。なんだろう。

成親と物の怪が、ふたりそろって難しい顔をする。そのとき。

「終わった……っ！」

精も根も尽き果《は》てた昌浩が、筆を転がし料紙を両手に、文台に突《つ》っ伏《ぷ》した。

「おー、ご苦労ご苦労」

「え……成親兄上、いつからそこに」

ねぎらいの声を聞いて顔をあげ、昌浩は初めて、真横に長兄《ちょうけい》が立っていたことに気がついたのだった。

今内裏に参内した磯部守直《いそべのもりなお》は、緊迫《きんぱく》した面持《おもも》ちでひれ伏していた。

御簾《みす》越しに、息を呑《の》んだ年若き帝の動揺《どうよう》が伝わってくる。

人払《ひとばら》いをされた寝殿《しんでん》には、帝と守直しかいない。蔀《しとみ》を隔《へだ》てた簀子《すのこ》には舎人《とねり》や女房《にょうぼう》、侍従《じじゅう》たちが控《ひか》えているはずだが、そこまで会話は届いていないだろう。

それでも、細心の注意を払って、声をひそめることを忘れない。

「――主上。どうか、お聞き入れくださいますよう」

平伏《へいふく》したままの守直は、かたんという音を聞いた。僅《わず》かに顔をあげ、様子を窺《うかが》う。

薄暗《うすぐら》い室内には燈台《とうだい》が点《とも》されている。御簾の向こうの状況《じょうきょう》は、灯火《ともしび》のおかげである程度把握できる。

脇息《きょうそく》にもたれた青年が、床《ゆか》に落ちた檜扇《ひおうぎ》を拾いもせずに顔を覆《おお》っている。

声をあげなかったのはいっそ見事だった。いくら人払いをしていても、帝が叫《さけ》び声など上げようものなら、侍従たちが駆《か》け込んでくるだろう。

帝はのろのろと顔を上げた。

「……それは…覆《くつがえ》すことは、できぬのか…」

振り絞《しぼ》るような声だった。守直は胸のつかれる思いだったが、帝の望む答えを告げることはできないのだ。

努めて厳《おごそ》かに、言の葉を返すしかない。

「主上、どうか……！」

帝はうなだれて、力なく拳《こぶし》を握《にぎ》りしめた。

重い沈黙《ちんもく》が降りしきる。

辛抱強《しんぼうづよ》く雨音を聞いていた守直の耳に、力のない声が忍《しの》び込んだ。

「……………誰か、ある」

拾い上げた扇を鳴らすと、女房と侍従が静々と姿を見せた。

「左大臣を…これへ」

低く命じる帝の言葉に、守直はさらに深くひれ伏した。


そろそろ夕刻だ。

雨雲に覆われて判然としないが、感覚がそう告げている。

簀子に出て空を見上げていた彰子は、風を感じてはっとした。

神気をはらむ風だ。

捜《さが》すように視線が泳ぐ。雨雲の中にぽつりと小さな点が見えた。それは瞬《また》く間に大きくなり、同時に数を増した。

「あ……」

呟《つぶや》いた彰子の耳に、がたっという音が聞こえた。振り向くと、目を輝《かがや》かせた朱雀が屋根に翔《か》けあがる姿があった。

諸手《もろて》を掲《かか》げる朱雀めがけて、風が降りてくる。徒人《ただびと》には見えない三つの影《かげ》がその中にある。

うちのひとつは、朱雀ののばした腕《うで》の中に、羽のように舞《ま》い降《お》りた。

「天貴…！」

てらいもなく名を呼んで、細い肢体《したい》を力いっぱい抱《だ》きしめる。

自分を受け止めてくれた最愛のひとに、天一もまた同じように呼びかけた。

「朱雀、ただいま」

熱い抱擁《ほうよう》を交《か》わしているふたりを置いて、残りふたつの影はひらりと地上に着地する。

風将白虎は体重のないもののようにふわりと降り立つ。

一方、片膝《かたひざ》をばねにして衝撃《しょうげき》を殺した勾陣は、立ち上がりながら首をめぐらせた。

「久しいな、彰子姫《ひめ》」

彰子は瞬きも忘れたようにして、彼女を見つめた。鮮《あざ》やかに微笑《ほほえ》んでいるのは、確かに十二神将勾陣だ。

「さて、俺は晴明に報告してくる」

「待て、私も行こう」

身を翻《ひるがえ》す白虎を呼び止めた勾陣だったが、同胞《どうほう》は手を振ってそれを受け流した。

「俺ひとりで充分《じゅうぶん》だろう。天一はああだしな」

ちらと視線をくれて、白虎は苦笑《くしょう》する。確かに、朱雀の腕の中に納まった天一は、しばらくそこから離《はな》れないだろう。また、朱雀も離さないに違《ちが》いない。

納得《なっとく》顔で肩をすくめ、白虎が隠形《おんぎょう》するのを見送った勾陣は、改めて彰子を顧《かえり》みた。

「この時分だと、昌浩たちはまだ大内裏《だいだいり》か」

「え、え……」

ぎこちなく頷《うなず》く彰子の面持ちが硬《かた》いことに気づき、勾陣は怪訝《けげん》に首を傾《かたむ》けた。

「姫？　どうした、何か…」

簀子にあがってきた勾陣の腕を摑《つか》んで、彰子は顔を歪《ゆが》めた。

「あの、あのね、あのね、聞いてほしいの、お願い」

「ああ、ちゃんと聞いている。どうした、彰子姫」

横に腰《こし》を落として片膝を立てる勾陣に倣《なら》い、彰子もまたぺたりと座り込む。

膝をぎゅっと摑んで、彰子は弱々しく呟いた。

「……昌浩が…おかしいの…」

勾陣は、言葉もなく軽く目を瞠《みは》る。彼女を見て、彰子は痛みを堪《こら》えるような顔をした。

「おかしいの、ずっと……」

9

ただいま、と。戻《もど》りを告げる声が聞こえた。

それまでずっと顔を覆っていた彰子は、はっと息を詰《つ》めてこうべをあげる。

「私、行くわ」

立ち上がった彰子は、先ほどまでの悲痛な面持ちなど微塵《みじん》も見せない笑《え》みを浮《う》かべていた。

「勾陣、聞いてくれてありがとう」

勾陣は目を細めて、短く応じた。

「ああ。……彰子姫、ひとつ頼《たの》まれてくれないか」

「なに？」

首を傾ける彰子に、門のほうに目をやりながら伝える。

「物の怪《もののけ》を、ここに。少し、話がある」

彰子の瞳《ひとみ》が小さく揺《ゆ》れた。彼女は黙《だま》ったまま頷いて、部屋の中に入っていった。

勾陣は息をついた。頬《ほお》に落ちかかる髪《かみ》を無造作に払う。伏《ふ》せた目許《めもと》に険がにじんだ。

「……戻ったか」

静かな声音《こわね》に振《ふ》り返れば、白い物の怪がぽてぽてとやってきたところだった。

久方ぶりに帰還《きかん》した同胞の目許に翳《かげ》を認めて、夕焼けの瞳が剣呑《けんのん》にきらめく。

「何か、あったか」

勾陣は薄《うす》く笑って頭《かぶり》をひとつ振った。

「……いま、姫の話を聞いていたところだ」

物の怪は軽く瞠目《どうもく》した。それだけで得心がいく。

「……そうか」

勾陣の隣《となり》に並ぶように尻《しり》を落とし、物の怪は嘆息《たんそく》した。

雨音が響《ひび》く中、ふたりはしばし沈黙していた。

さあさあと降る雨は、はからずも出雲《いずも》の日々を呼び起こさせる。それは血を吐《は》くような、激《げき》闘《とう》の日々だ。

耳の奥に甦《よみがえ》る、大妖《だいよう》の咆哮《ほうこう》。駆け抜《ぬ》ける稲光《いなびかり》と轟《とどろ》く雷音《らいおん》。振り上げた刃《やいば》のきらめきに、飛び散った鮮やかな血潮。えぐられて巻き上がる土砂《どしゃ》、赤く染まった水面《みなも》。

それらの凄惨《せいさん》な情景が、次から次へと浮かんで消える。

押し黙っていた物の怪が、ついとうつむいてぽつりと言った。

「……誓《ちか》いを、破ったんだそうだ」

勾陣は視線だけを白い背に落とす。相槌《あいづち》がほしくて口を切ったのではないとわかっている。

ただ、淡々《たんたん》と告げる言霊《ことだま》を、静かに受け止めてほしいだけなのだ。

先ほどまで、彰子にしていたように。

だから勾陣はそうする。

彼女の目には、いま眼前にある力なくうなだれた白い異形の姿ではなく、悄然《しょうぜん》と肩《かた》を落とした広い背が見えていた。

「最初から、わかってたさ。揺るがないとあいつが信じていた誓いは、本当はひどく脆《もろ》いもので……」

勾陣は瞼《まぶた》を伏《ふ》せた。淡々とした声音の奥に、胸をつくような響きがにじむ。

「……絶対いつか、違《たが》えるだろう、てな…」

けれども。

誰も傷つけない、誰も犠牲《ぎせい》にしない、最高の陰陽師《おんみょうじ》に、なる――――。

あのとき心に刻まれた想《おも》いは、澱《よど》みのないその言葉は、紛《まぎ》れもない真実だったのだ。

しかし、それが果たされることはない。

なぜならば、あの心が望んだ道は、それを決して許さないものであったのだから。

「あいつは陰陽師になるんだ。最高峰《さいこうほう》の、それこそ晴明を越《こ》えるような」

「……ああ」

「だから、いつかは通る道だった。予想より、早かっただけなんだ」

「ああ、そうだな……」

物の怪と、紅蓮と同じように、勾陣もまた知っていた。彼らだけではない。神将たちは皆《みな》、それが絶対に果たせない誓いだと、誰よりもよく知っていた。

彼らは安倍晴明に仕《つか》えてきた。晴明の歩んできた道を、ほかの誰でもない、彼らだけが知り得ていたのだから。

それがどれほど凄《すさ》まじく、負の念をまとい血にまみれ、闇《やみ》を引き寄せ離さないかを、彼らだけが、目《ま》の当たりにして。

「でもな、俺はあいつに何も言ってやれない。……俺が何を言っても。なぐさめているつもりで、励《はげ》ましているつもりでも、それはすべてあいつの傷をえぐる」

果たせないと誰もが知っていた誓いを、昌浩は紅蓮とかわした。

見届けろと、紅蓮だけがそれを託《たく》された。

ついとこうべをもたげて空を見上げる。夕焼けの瞳が、細波《さざなみ》のように揺れている。

「その上、護《まも》ると誓った相手が、自分をかばって目の前で刺《さ》されたんだ。――酷《ひど》く、危《あや》ういんだよ。いまの昌浩は」

紅蓮も勾陣も、その現場に居合わせたわけではない。あとになってから太陰がぽつぽつと語った話を耳にしただけだ。だが、その衝撃がいかほどのものであったのかは想像に難《かた》くなく、かつてないほど戦慄《せんりつ》した。

勁《つよ》く、勁く、と。昌浩はそう思っている。ひたむきに、それだけを追っている。

欲するのは、誓いを破ってしまったからだ。今度こそ護り通すと定めたからだ。

そして何よりも、自分の中にある底知れないものを、自覚してしまったからにほかならない。

誓いよりも、願いよりも。その血にひそむ異形《いぎょう》の炎《ほのお》よりも。遥《はる》かにおそろしいものを已れが持っていたことに、昌浩は慄《おのの》いたのだ。

だから、それを打ち消す勁さを、死に物狂《ものぐる》いで追い求めている。

自分の中にあったのは、それ以外のすべてを犠牲にしても構わないという強さ。

誰よりも何よりも天一を選ぶと断言する朱雀が持つ、得体のしれない恐《おそ》ろしさと同じもの。

神将たちの中でもっとも情が強《こわ》いのは六合だ。もっとも情が激しいのは青龍、もっとも情を曲げないのは天一。

「……」

黙ったまま手をのばして、勾陣は白い背に触《ふ》れる。

同胞たちの中でもっとも情が深いのは、この白い異形の姿を取った最凶《さいきょう》の男。

そして、もっとも情が怖《こわ》いのは、朱雀だ。

理《ことわり》を冒《おか》した騰蛇は、それでも境界のこちら側に留《とど》まっている。六合もまた同じ。

けれども、理を冒したことのない朱雀は、実は既《すで》に境界を越えている。

白い背を撫《な》でながら、勾陣は漸《ようよ》う口を開いた。

「――姫《ひめ》が、悔《く》やんでいる」

ぴくりと、白い耳が動いた。夕焼けの瞳が彼女を映す。

「あのときは、ほかに何も考えられなかったけれど。そのせいで昌浩の心に傷を負わせてしまった、……と」

私は、昌浩の命を守ることはできたのかもしれない。

でも、それ以上に、傷つけてしまった――。

顔を覆《おお》い、悲痛な声で。決して涙《なみだ》を流さずに、彰子の心が慟哭《どうこく》していた。

一番大切なひとに傷を。魂《たましい》の根幹を揺るがすような、深く重い傷を。

「………そうか」

呟《つぶや》いて、物の怪は息をついた。やはり、そう思っていたか。

昌浩も彰子も、互《たが》いを思いやっているのに、互いに一定の距離《きょり》を置いている。それは、以前にはなかったものだ。

昌浩は彰子に優《やさ》しい。出雲から帰ってきてから、より一層。

彰子もまた昌浩を気遣《きづか》う。いままで以上に、過ぎるほどに。それはとても微笑《ほほえ》ましい関係に見えて、しかしどこかがいびつなのだ。

大切で大切で、大切すぎて。だからこそおそれに囚《とら》われ、迷い路《みち》にはまり込み、抜け出せなくなってしまった。

物の怪《もののけ》はそのまま黙《だま》り込んだ。それは、ずっと吐露《とろ》できなかった最奥《さいおう》の心情だ。薄刃《うすば》の上を歩くようなひやりとした空気がいつもある。それに気づかぬふりをしながら、どうすればいいのかを模索《もさく》して。けれども、どうしようもないこともわかっていて、行き場のない感情を無理やりに抑《おさ》えこんでいる。

できたのは、せめてその危うい均衡《きんこう》が崩《くず》れてすべてが壊《こわ》れてしまわぬようにと、心を配ることだけだった。

「……見てられん」

「……八方塞《はっぽうふさ》がりの中で、お前にしては、よくやったよ」

静かに告げると、いささか不機嫌《ふきげん》さを増した唸《うな》りが返った。

「……うるさい」

勾陣は軽く瞬《まばた》きをする。

「心外だな。私は本気でそう思っているんだが」

「それくらいわかっとるわ。こういうのに長《た》けてる奴《やつ》が、いなかったのが悪い」

その言い草に、勾陣は小さく笑った。

「それは、責任転嫁《てんか》だ、騰蛇」

「うるさいと言ってるんだ。勾、少し黙れ」

「勝手なことを……」

これは八つ当たりだ。だが、いままではそれすらできなかったのだから、譲歩《じょうほ》しなければならないだろう。

なだめるように白い背を叩《たた》く。むすっとしている物の怪だが、拒絶《きょぜつ》しないということは怒《おこ》っているのではないのである。

しばらく雨音を聞いていた物の怪は、尻尾《しっぽ》を払《はら》って言葉を継《つ》いだ。

「……そういえば、六合はどうした」

白虎の風で一緒《いっしょ》に戻《もど》ってきたはずだ。なのに、先ほどから姿を見せない。隠形《おんぎょう》しているにしても、同胞《どうほう》は気配を感じられるものなのだが。

「まさか、守護《しゅご》妖《よう》たちの足止めを喰《く》らってるんじゃあるまいな」

半ば思いつきだったのだが、言ってみると本当にありそうで怖い。

勾陣は苦笑《くしょう》して頭《かぶり》を振《ふ》った。そうして、胡乱《うろん》に顔を向ける物の怪の頭を、わしゃわしゃと撫で回した。

「それはない。あれもちゃんと戻ってきたよ。ただ……」

物の怪は、虚《きょ》をつかれた風情《ふぜい》で目を丸くした。

◆　◆　◆

目を閉じていても、雨音が耳の奥に忍《しの》び込んで、心を搦《から》め捕《と》っている。

夕刻を過ぎてあたりがすっかり暗くなると、脩子は帳台に逃《に》げ込んだ。

近くにはあの女房《にょうぼう》がいるはずだ。

袿《うちぎ》をかぶって息を殺す。胸の中で響《ひび》いている早鐘《はやがね》の音が、そとに漏《も》れ聞こえてしまわないように。

自分の呼吸と鼓動《こどう》を聞きながら、帳台のそとにも耳を向けている。

何かが動いたら、すぐに逃げ出せるように。

ああでも、このがちがちに強張《こわば》った手足が、うまく動いてくれるのだろうか。

袿の中でゆるゆると目を開けても、見えるのは闇ばかりだ。それでいい。闇に目を慣れさせておかなければならない。

時を数えながら必死で呼吸をする。そうしないと、こわくてこわくて、息をすることも忘れてしまいそうだ。

ばたばたと、どこかで蔀《しとみ》が揺《ゆ》れる音がした。

風が強い。閉め忘れた蔀が、風にあおられているのか。

室内には、壁代《かべしろ》や几帳《きちょう》が配されていて、妻戸《つまど》をあけても帳台まで風が入らないようになっている。

ごうという唸りが響いた。雨に加えて、風も強さを増しているようだ。

脩子はより一層身を固くした。

闇《やみ》の中で聞く雨音と風の音は、胸の奥にある怖さをかきたてる。

「……れ…か…」

かすれた声で呟いて、彼女は瞼《まぶた》を震《ふる》わせた。

「……だれ…か……だれか…」

ひとりは、こわい。

唐突《とうとつ》に、その思いが胸の奥に沸《わ》き上がり、瞬《また》く間に広がった。

ひとりはこわい。ひとりは寂《さび》しい、ひとりは、独りは。

「だれか……たすけて……」

その刹那《せつな》。

妻戸が静かに開き、風が忍び込んできた。几帳《きちょう》の帳《とばり》が風を受けて擦《す》れ合う。木の軋《きし》みが重く
木霊《こだま》し、雨音にとける。

ひたり、と。床《ゆか》を踏《ふ》む裸足《はだし》の立てるかすかな音が聞こえた気がした。

脩子は大きく身震《みぶる》いした。耳をふさいでしまいたかったが、硬直《こうちょく》した四肢《しし》は意に反して動い
てくれない。

静かに几帳をずらして、誰かが帳台に近づいてくる。

──おそばにおりますわ

冷たい笑《え》みが、見えた気がした。喉《のど》の奥から声にならない悲鳴がせりあがってくる。喘鳴《ぜんめい》だけが唇《くちびる》からもれて、閉じることを忘れた瞳《ひとみ》が凍《こお》りつく。

帳台の帳が動いた。誰かが摑《つか》んで、中を覗《のぞ》きこむ。

たすけて、たすけて。だれか、たすけて。

こわい、こわい、こわい、こわい────────！

袿をかぶってひたすら怯《おび》える脩子の耳朶《じだ》を、ひそやかなささやきが撫《な》でた。

「……姫宮様《ひめみや》」

袿の下で、脩子の瞳がかすかに動いた。

いまの、声は。

声のしたほうに、目だけを動かす。漆黒《しっこく》の闇で何も見えない。

耳の奥で鼓動が激しく鳴っている。よく聞こえなかった。もう一度。

「姫宮様。……私を、お呼びになりましたね？」

強張ってうまく動かない四肢に、懸命《けんめい》に力を込める。

のろのろと身を起こした脩子の頭から、袿が滑《すべ》ってぱさりと落ちた。

帳台の中は真の闇だと思っていた。だが、脩子の前に、ぼんやりとあたたかい、橙色《だいだいいろ》の灯火《ともしび》が揺れている。

それは、蔀の真横に置かれた手燭《てしょく》の、ほんの小さな炎《ほのお》だった。

凍《い》てついた心をとかすあたたかい光の中で、ひとりの女が端座《たんざ》して、仄《ほの》かに笑んでいる。

「………」

瞬きを忘れて、脩子はその女を見つめた。

女房装束ではない。衣《ころも》は肩《かた》が剝《む》き出しで、見慣れない形だ。闇によく似た色で、手燭がなければ見落としてしまうだろう。

姫宮様、と。呼びかけは同じなのに、言霊《ことだま》が違《ちが》う。

ひたすらに凝視《ぎょうし》している脩子の頰《ほお》に、女の細い指が触《ふ》れてきた。

「……遅《おそ》くなってごめんね。怖《こわ》かったの、我慢《がまん》してたのに」

——ごめんね、寂しいの、我慢してたのに
脩子はこれ以上ないほど目を瞠《みは》った。

頭の中でぱんと何かが弾《はじ》けた。それまでずっと、朧げにしか見えなかった面差《おもざ》しが、鮮明《せんめい》に浮《う》かび上がってくる。

突然《とつぜん》輪郭がぼやけた。それまで張り詰《つ》めていた心がほどけて、ずっと喉をふさいでいた得体の知れない塊《かたまり》が霧《む》散《さん》する。

「……ね……」

涙《なみだ》で揺れるかすれた呼びかけに、風音は首を傾《かたむ》けて笑みを深くした。

「なに？」

脩子は引き攣《つ》れたように息を吸い込んで、両手をのばした。

「かざね…っ！」

しがみついた自分を受け止めてくれた女の腕《うで》の中で、脩子は声をあげて激しく泣き出した。


どれほどそうしていただろうか。

泣きじゃくる脩子の頭を何度も何度も撫でながら、風音は優《やさ》しく繰《く》り返した。

「もう大丈夫《だいじょうぶ》。聞こえたから、助けに来たの」

こわかった。ずっとこわかった。誰にも言えず、たった独りで耐《た》えていた。

いつもいつも助けを求めて、声なき声で叫《さけ》びつづけた。

誰にも聞こえていないだろうと思っていたその悲鳴は、彼女に届いていたのだ。

凝《こご》っていたものを涙とともにすべて押し流した脩子は、憑《つ》きものが落ちたように深呼吸をした。

「……かざね、ずっといなかった」

を傾ける。

「えぇ」

頷《うなず》く風音は口元に少し苦笑《くしよう》をにじませているようだった。手燭の光でそれを認め、脩子は首
「なんだか…まえと、ちがうみたい」

風音から受ける印象が、がらりと変わっている。

以前は、優しいけれど、どこか冷たさがあった。手をつないでいても、微笑《ほほえ》んでいても、瞳
の一番奥に、刃《やいば》に似た鋭《するど》い光を宿していた気がする。

だが、いま脩子の前にいる風音は、そんな冷たさなど微塵《みじん》も感じさせない。

「ほんとに…かざね？」

わずかに怯えて身を引きかけた脩子の目を覗き込むようにして、風音は静かに頷いた。

「ええ。これが私よ、姫宮」

まじまじと風音を見つめて、脩子は納得《なっとく》したようだった。

前よりも、いまのほうがずっといい気がする。どこが違うのかはっきりとは言えないが、脩
子の心がそう告げていた。

少女の額にかかる髪《かみ》をかきあげて、風音はあらあらというような顔をした。

「目が真っ赤ね。瞼が腫《は》れないように、あとで手ぬぐいを濡《ぬ》らしてきましょう」

脩子は青くなって風音の手を摑んだ。

どこにも行かないでと、全身で訴《うった》える。

「行かないから。大丈夫よ、本当に」

「ずっと、いるの…？」

尋《たず》ねると、風音は思慮《しりょ》深い顔をした。ついと視線を滑らせて、背後に落ちている帳の向こうを窺《うかが》う様子を見せた。

《——好きにしろ》

耳の奥に響いた声に、風音は口元をほころばせた。抑揚《よくよう》のない声音《こわね》だが、その奥にあるものは優しい。

脩子に向き直り、風音はしっかりと頷いた。

「姫宮が安心できるようになるまでは、そばにいるわ。だから、もう怖がらないで」

そばにいると、あの女房《にょうぼう》もことあるごとに口にする。それを聞くたびに脩子の心は氷の茵《しとね》にくるまれたようにすうっと冷えた。

だが、同じ言葉でも、風音の口から出たものは、春の陽《ひ》だまりを閉じ込めた真綿のように、脩子の心をあたたかく包み込んだ。

ようやく全身の緊張《きんちょう》をといて、脩子はほうと息を吐《は》き出す。そして、本当に久しぶりに、ぎこちない笑みを浮かべた。

「……うん」

幼い子どもに似合わない強張《こわば》った笑みは、彼女の恐怖《きょうふ》がどれほどのものだったのかをつぶさに伝えてくる。

それがあまりにも痛ましく、不憫《ふびん》で。風音はもう一度、幼い皇女を抱《だ》きしめた。

ずっと隠形《おんぎょう》していた六合は、簀子《すのこ》に顕現《けんげん》して夜空を見上げた。

出雲《いずも》の空は晴れ間が覗いていたのだが、都に近づくにつれて雲が厚くなり、丹波《たんば》に入ったあたりから雨が降り出した。

聞けば、文月《ふづき》からずっと、空模様は優《すぐ》れないという。

あまりにも水気が満ちている。重苦しいほどだ。五行の均衡《きんこう》が崩《くず》れかけているのが感じられて、不穏《ふおん》な予感が沸《わ》き起こる。

ひと月以上前、風音が眠《ねむ》りの中で聞いた救いを求める呼び声。それが脩子のものならば、変兆はその頃《ころ》既にあったということか。

きいと、かすかな軋《きし》みを上げて、妻戸《つまど》が開いた。

音もなく出てきた風音は、六合を見上げて微笑《ほほえ》んだ。

「結局、こうなってしまうのね。ごめんなさい」

ここを訪《おとず》れたときには身軽な出《い》で立ちだったものが、女房《にょうぼう》装束に変わっている。

六合は頭《かぶり》をひとつ振《ふ》った。

「構わない。予想していたからな」

六合たちが帰京する際に彼女も同行することに決まったのは、葉月に入った頃《ころ》だったと記憶《きおく》している。

比古神の急襲《きゅうしゅう》を受け、返り討《う》ちにして追い返した。が、神というものは一筋縄《ひとすじなわ》ではいかないものである。一度諦《あきら》めたからといって、永久にそうだとは限らない。

神将たちの知らぬ間に、娘《むすめ》の身を案じた道反《ちがえし》の巫女《みこ》と晴明の間で、何かしらの話し合いが行われたようだ。

彼らはそれを聞かされていなかったので、帰京の段になってから身支度《みじたく》を終えて現れた風音を見て、さすがに言葉を失った。

そのときのことを思い起こし、六合はいささか遠い目になった。

ようやく戻《もど》った大切な姫が都に赴《おもむ》くことに、守護妖《しゅごよう》たちが大反対したのである。

大百足《おおむかで》と大蜘蛛《おおぐも》と大蜥蜴《おおとかげ》と鴉《からす》が、一斉《いっせい》に強硬《きょうこう》な反論を並べて、収拾《しゅうしゅう》がつかなくなった。一匹《ぴき》ずつ主張していたならもう少し穏便《おんびん》に済んだかもしれないが、あまりの衝撃《しょうげき》で我を忘れた守護妖たちはとにかくだめだの一点張りで、しまいに風音を怒《おこ》らせた。

——いい加減になさい！

一喝《いっかつ》された四匹《ひき》が、姫《ひめ》の怒《いか》りに慌《あわ》てふためきしどろもどろになっていたのは、中々見ものだった。勾陣などは、あの迫力《はくりょく》、やはり神の血を受けているだけのことはあるな、などと冷静に評していた。

「ほかの女房や官人たちはどうする。突然《とつぜん》新参の女房がいては不審《ふしん》に思うだろう」

六合の問いに、風音は肩《かた》をすくめて苦笑した。

「その辺は怪《あや》しく思わないように、暗示をかけるから。大丈夫《だいじょうぶ》、初めてじゃないもの」

言ってから、彼女は心なしかうつむいた。

「……あまり、いい思い出は、ここにはないわ」

陰謀《いんぼう》のために潜入《せんにゅう》した内裏《だいり》。場所は違《ちが》えども、内裏であり、内親王《ないしんのう》脩子がいるのは同じだ。

対屋《たいのや》の帳台で安心しきって眠《ねむ》る少女に思いを馳《は》せ、妻戸《つまど》の奥を顧《かえり》みる。

あれほどに怯《おび》えて、憔悴《しょうすい》しきって。幼い心が恐怖《きょうふ》でがんじがらめになっていた。

彼女は皇女だ。天照大御神の血を引いている。人の中にあってその血はだいぶ薄《うす》れてしまっているものの、高天原《たかまがはら》を統治する太陽神の神通力は、決して消えてはいないのだろう。

この都にいながら、遥《はる》か西国、出雲の道反まで、助けを求める声を送ったのは、彼女のうちに確かにある天孫の霊性《れいせい》だ。

辺りを見回して、風音はすっと表情を引き締《し》めた。

「この対屋……、ううん、対屋だけじゃない。この今内裏全体を包む空気に、おかしな気が混じってる」

高欄《こうらん》に手をかけて身を乗り出しながら、彼女は雨雲を睨《にら》んだ。

「この雨だっておかしいわ。……貴船《きふね》の龍神は、どうしているのかしら」

貴船の祭神高龗神は、雨を司《つかさど》る龍神だ。

豊葦原瑞穂国《とよあしはらのみずほのくに》には八百万《やおよろず》の神がおり、雨を司る神は高龗神のほかにも存在している。しかし、都を中心とした地域一帯は高龗神の治めるところであり、雨が過ぎればそれを止めるのがかの神の役目でもあるのだ。

夜闇《よやみ》に沈《しず》んで見えないが、北方には霊峰《れいほう》がそびえている。そちらを一瞥《いちべつ》し、風音は剣呑《けんのん》に目を細めた。それから、おもむろに今内裏の西方を。

あちらには、大内裏がある。そして、本当の内裏が。

内裏にあるものを、風音は知っていた。彼女の血筋は天津神《あまつかみ》のそれだ。生まれたとき既《すで》に蓄《たくわ》えられていた知識もあれば、長ずるに従って学んだものもある。

彼女に様々なことを教えたのは、智鋪《ちしき》の宗主《そうしゅ》だった。それは彼女の心を憎《にく》しみに染めてはいたものの、基本の知識や根本の教えはこの上もなく正しいものだった。

彼女が正統な天津神の血筋である以上、誤った知識を植えつけてはその力を確実に引き出すことができない。知識は徹底《てってい》的に正しいものを叩《たた》き込み、それを意のままに操《あやつ》るため、誤った情報を与《あた》えたのだ。

だが、長く道反を離《はな》れていた彼女の力は、生来持っていたものよりも翳《かげ》りを帯びてしまっていた。一度落命したことにも起因しているだろう。

彼女が道反の聖域から出ることを、父神は猛烈《もうれつ》に反対していた。せめてあと一年、この地にあって体と心のひずみを正さなければ、今度こそ取り返しがつかなくなると。

けれども、そんな悠長《ゆうちょう》なことを言っていられる状況《じょうきょう》ではなかった。

逸《はや》る風音に根負けし、ならばと大神が示唆《しさ》したのが、あの滝行による禊《みそぎ》だ。

出雲は、国全体が聖なる場所。元に戻った地の気と水の気で、必要ないものすべてを削《そ》ぎ落とし、聖域に満ちる神気がもたらす癒《いや》しを加速させたのである。

ちなみに、彼女の宿体が眠っていた青の宮は、殯《もがり》のためのものではなく、あの場所に神気が集まりやすいという理由で選ばれていたらしい。

風音の横顔を見下ろしていた六合は、彼女の面《おも》持ちが険しさを増したのを認めた。

「どうした」

すっと手をのばし、大内裏の方角を指し示す。

「何か、不穏《ふおん》な気配が渦巻《うずま》いている。……何かしら、あまり良くないもの……」

思慮《しりょ》深く呟《つぶや》いた風音は、ふいに視線を滑《すべ》らせた。

「なに？」

六合もまた彼女の視線を追う。

闇の中、一陣《いちじん》の風が空を翔《か》けてくる。それはまっすぐ今内裏めがけてきた。

風音が咄嗟《とっさ》に身構えるのを、六合が制した。

「彩煇《さいき》？」

「心配するな。あれは太陰の風だ」

十二神将風将の名を聞き、風音は軽く目を瞠《みは》る。

ほぼ同時に、対屋の前に風が降りてきた。

雨を弾《はじ》く風の繭《まゆ》に、幾《いく》つかの影《かげ》が包まれている。

それが誰なのかを認めた風音は、思わず声を上げた。

「昌浩…」

10

酉《とり》の刻半ばを過ぎればすっかり夜なのだが、まだ今内裏は活動時間中だろう。

そう考えた昌浩は、夜もすっかり更《ふ》けた亥《い》の刻を待って、邸《やしき》を出た。

出たといっても、太陰に頼《たの》んで風で運んでもらったから、自室からそのまま飛翔《ひしょう》したと表した方が正しい。

今内裏の様子を見に行くため、風で運んでもらえないだろうかと頼んだとき、太陰は明らかに怯えた。だがそれは一瞬《いっしゅん》で、なるべく物《もの》の怪《け》を見ないようにしながら了承《りょうしょう》してくれた。

努力はするといった言葉は嘘《うそ》ではないのだ。

それでも、物の怪は太陰と一定の距離《きょり》を保っていてそれ以上は接近しないし、太陰は太陰で物の怪のそばに絶対よらない。

そこには奇妙《きみょう》な緊張感《きんちょうかん》が生まれていた。

昌浩を挟《はさ》んでつねに対角線上の位置を保っているのである。

白虎に頼むべきだったかなと、さすがに昌浩も少し悩《なや》んだ。だが、出かけてしまったら後の祭りだ。

なるべく早く戻るようにしようと決めた頃《ころ》に、今内裏の屋根が見えた。

暗視の術を使っているのだが、雨のせいでいつもより視界が悪い。神将たちの目でも、雨の日は見通しがよくないということだ。

「あそこが今内裏だけど、どのあたりに降りればいいの？」

指差す太陰に、昌浩はひとしきり唸《うな》った。

勢いでやってきたが、昌浩は内親王の対屋など知らないのである。

しばらく頭を抱《かか》えていた昌浩に、物の怪が提案した。

「とりあえず降りよう。俺と太陰が場所を突《つ》き止めるまで、そこで待ってろ」

物の怪も太陰も徒人《ただびと》には見えないのだ。神気を強めて顕現《けんげん》すれば勿論《もちろん》見えるし、見鬼《けんき》の才があれば見えるのだが。

神将たちは、対象の視《み》る力に応じて神気を調整している。昌浩や晴明、吉昌や彰子といった見鬼を持った者には見えるように顕現していても、見鬼をまるで持たない者には決して見えないのである。

陰陽寮《おんみょうりょう》には多少なりとも見鬼を持つものがいるため、神将たちは隠形《おんぎょう》している。

ちなみに物の怪はというと、強い見鬼を持つ安倍氏の人間でも、見えない者がいるらしい。

昌浩が見鬼を封《ふう》じられていた折に見えていたのは、『何があっても昌浩にだけは見える』と物の怪が魂に定めていたからだ。

これが本性《ほんしょう》に戻《もど》ると、隠形していても神気がこぼれるというから、その力たるや甚大《じんだい》だ。

「ん？　おい、あれ、六合と風音じゃないか？」

瞬《まば》きをした物の怪が前足で示す。昌浩より先に太陰が声を上げた。

「あら、ほんとだわ。じゃああの対屋《たいのや》かしら」

風の向きを変えて、対屋の前に降りる。

六合と風音は、突然《とつぜん》の訪問者に驚《おどろ》いているようだった。といっても、六合の表情はほとんど変わらないのだが。驚いた、というのは昌浩たちの予想だ。

「昌浩…」

呼ばれた昌浩はといえば、驚いた。上空からはわからなかったが、風音の出《い》で立ちが予想外だったのである。

ぽかんと口を開けてしげしげと眺《なが》めていると、その視線に気づいた彼女は苦笑《くしょう》した。

「おかしいかしら」

「あ、いや、そういうことでは…」

しどろもどろになった昌浩を、物の怪と太陰が促《うなが》す。

「ほれ、脩子の様子を見にきたんだろ」

「ちょうどいいじゃない、風音に案内してもらいなさいよ」

風音は訝《いぶか》るように首を傾《かし》げた。そんな彼女の横に降りて、太陰が説明する。

「姫宮《ひめみや》が元気がないって話を行成から聞いたんですって。あ、行成っていうのは藤原の貴族よ。昌浩の後見なの」

それだけで完全に理解できたかどうかはともかく、昌浩が脩子の身を案じてやってきたことは風音に伝わった。

「姫宮はこの中よ。でも、眠《ねむ》っているから、入るのは遠慮《えんりょ》して」

簀子《すのこ》に風音がいても、女房《にょうぼう》装束なので違和《いわ》感《かん》はない。一方の昌浩は深い色の狩衣《かりぎぬ》姿で、烏帽《えぼ》子《し》をはずし髷《まげ》を解いている。もし万が一ほかの女房や舎人《とねり》に見つかりでもしたらことなので、簀子にはあがらない。

昌浩は、風音と六合を交互《こうご》に眺めた。まっすぐな視線は強く、心にやましいものを持っていたら、顔を背《そむ》けてしまうだろう。

「どうかした？」

「……風音、なんか、感じが違《ちが》う」

昌浩が脩子と同じことを言ったので、意表をつかれた風音は目を丸くした。隣《となり》の六合が物言いたげな視線を投じてくる。昌浩は不審《ふしん》そうに眉根《まゆね》を寄せた。

「俺、何か変なこと言ったかな」

昌浩の足元で一連のなりゆきを見ていた物の怪は、さあなと流して尻尾《しっぽ》を振《ふ》った。

「おい風音、姫宮はお前に任せていいんだな」

風音は瞬きをした。とりようによっては、彼女を疑っているようにも思える台詞《せりふ》だ。

だが、物の怪の夕焼け色の瞳《ひとみ》に、疑念や警戒《けいかい》といったものは微塵《みじん》もない。ただまっすぐに彼女を見ている。

風音は静かに頷《うなず》いた。

「ええ……。私がついているから、姫宮は大丈夫《だいじょうぶ》よ」

彼女の返答を聞き、物の怪はひとつ頷いた。昌浩の足を尻尾で叩《たた》き、踵《きびす》を返す。

「よし。帰るぞ昌浩」

驚いたのは昌浩だ。

「えっ？　だっていまきたばっかりだし、姫宮様の様子見てないし……」

言い募《つの》る昌浩を、物の怪は呆《あき》れ顔で見上げた。

「あのなぁ。風音がいま大丈夫だと言っただろう。お前の心配は取り越し苦労《ぐろう》だ」

昌浩は風音を振り仰《あお》いだ。

簀子から自分を見下ろしている彼女は、静かに頷いた。口元には淡《あわ》い笑《え》みがにじんでいる。道反《ちがえし》で別れたときよりも、彼女のまとう雰囲気《ふんいき》がやわらかくなっているような気がした。表情や面差《おもざ》しではない、もっと深く見えない部分にあるものが、それまでとは違《ちが》っているのかもしれない。

ちらと六合を見る。彼女の傍《かたわ》らに寄り添《そ》ったまま、先ほどからひとことも発しない。寡黙《かもく》な男が何を思っているのかは昌浩にはよくわからないが、黙《だま》っていても、表情に乏《とぼ》しくても、そこにいるだけで、何も案ずることはないのだと思わせる。

「じゃあ、風音だけじゃなくて、六合もずっとここにいるんだ？」

問いかけに、六合の表情がようやく動いた。

「いや……。俺は一旦《いったん》安倍邸《てい》に戻《もど》る」

晴明に何もいっていないのだ。一度安倍邸についてから今内裏《いまだいり》の脩子の許《もと》に向かう予定だったのだが、風音がそれでは間に合わないと言い出したので、彼女とともに先に今内裏にやってきたのである。

今内裏についたのはだいぶ前だったが、脩子が休むまでずっと女房たちが離《はな》れなかったので、彼女がひとりになるのを待っていた。

風音の実力は折り紙つきだ。神将たちに匹敵《ひってき》する。六合が常についていなければ危ないということはない。感情はともかく、それが六合の判断である。

ただ、彼女は感情が高じると無鉄砲《むてっぽう》な行動に出る場合もあるので、目を離すことに少々の懸《け》念《ねん》があるのもまた事実であった。

しばらく考えていた昌浩は、ううんと唸《うな》って物の怪をひょいと持ち上げた。

「俺が入るのはやっぱちょっと考えちゃうからさ、もっくん一応姫宮様の様子見てきてよ」

「俺が？」

目を丸くする物の怪に、昌浩は真剣《しんけん》な面持ちで頷く。

「もっくんだったら、見えないから起こしちゃうこともないだろうし。風音、それだったらいいかな」

風音は少し逡巡《しゅんじゅん》している様子だった。物《もの》の怪《け》と昌浩を交互に見て、窺《うかが》うような視線を対屋に向ける。

物の怪は物の怪で渋面《じゅうめん》を作った。内親王《ないしんのう》脩子は五つだ。子どもである。以前脩子は、風音の術があったとはいえ、黄泉《よみ》の瘴穴《しょうけつ》を穿《うが》ったのだ。心の闇《やみ》が深い。闇が深いということは、それだけ強い光を具《そな》えているということでもある。光の強い者は、異形や人外の存在を見通す力に長《た》けている場合もある。

もし見鬼の才を持っているならば、物の怪の気配を敏感《びんかん》に察知するだろう。

それを思い、物の怪は自然と及《およ》び腰《ごし》になった。

「いや……俺は、行かないほうが……」

「なんでさ。大丈夫だよ、物の怪なんだから」

ここで物の怪言うな、と返ってくると予想していた昌浩だったのだが、予想に反して物の怪はもごもごと口の中で何かを呟《つぶや》いているに留《とど》まった。

と、風音の傍らにいた太陰が手をあげた。

「だったらわたしが見てくるわ。風音と一緒《いっしょ》に」

このまま話がまとまらないと帰るのが遅《おそ》くなる。昌浩の帰りを待っている彰子の心情を慮《おもんぱか》っての提案だ。

小柄《こがら》な神将に一同の視線が集まった。彼女は軽《かろ》やかに身を翻《ひるがえ》す。

「それで問題ないでしょ。このまま話してても埒《らち》があかないし、誰かがきたら大変よ」

彼女の言うことはもっともだ。

「そうね。じゃあ、少し待っていて」

風音と太陰が妻戸の奥に消える。男三人は、手持ち無沙汰《ぶさた》になった。

「六合、久しぶり」

昌浩が明るく告げると、寡黙な木将は黙然と頷いた。久方ぶりの再会だ。玄武の水鏡《みずかがみ》にも、六合は一度も出てこなかったので、道反で別れて以来である。

「出雲《いずも》はどうだった？　こっちよりはまだあったかいのかな」

「いや……。奥に入る機会が多かったからな、都のほうがまだあたたかいだろう」

「そっか。……あっちの天気は？」

昌浩の問いに、六合は少しだけ思案するそぶりを見せた。

「晴れ間が減っていたかもしれん。こちらほど雨はなかったが」

それでも、やはり雲が多くなっているということか。

六合の言葉からそう受け取り、昌浩は空を見上げて眉根を寄せた。

切れない雲。夕方にはもう闇夜《やみよ》のように暗い世界。

八咫鏡《やたのかがみ》について調べていたとき、昌浩はなんとなく思った。

雨で太陽が隠《かく》されてしまった、暗い世界。まるで、神話の中で天岩戸《あまのいわと》に天照大御神が隠れてしまったときのようだ、と。

その岩戸から天照大御神を引き出すために使われたのが八咫鏡だという。だから、ほんとうに漠然《ばくぜん》と考えた。

「鏡か……」

神宝でなくとも、すべてを映す鏡は神器《じんぎ》となりうるものだ。破邪《はじゃ》の力を持っている。

天照大御神の姿を映し、その際に神の力を取り込んだのが八咫鏡。温明殿《うんめいでん》に祀《まつ》られている神鏡は、神の力を分けて込められたものであるのだろう。

ならば。

温明殿に現れた得体のしれない白い女を思い起こし、昌浩の表情が険しさを増した。

あの女は、神鏡を狙《ねら》って賢所《かしこどころ》に潜入《せんにゅう》したのだろうか。だとしたら、いったいなんのために。

神の力を狙う輩《やから》がいるのだろうか。

「……止雨《しう》の祈念《きねん》、俺もやろうかな」

呟いて、息をつく。何もしないでいるよりは、やれることをやったほうがいいような気がする。何もしらない徒人《ただびと》よりは、昌浩にはできることが多いから。

「おい、昌浩！　あれは…！」

緊迫《きんぱく》した声が、昌浩の思考を打ち破る。

「え？」

反射的に顔を上げた昌浩は、対屋《たいのや》の正面にたたずむあの白い女を認めた。

昌浩の手から飛び降りた物の怪が、体を低くして攻撃《こうげき》態勢を取る。

「何者だ」

警戒《けいかい》しながらも訝《いぶか》る六合に、物の怪が短く答えた。

「わからん。だが、あいつは昨夜《ゆうべ》、温明殿に現れた」

放つ気配は異質なもので、昌浩たちがいままでに遭遇《そうぐう》してきたそのどれとも違《ちが》う。

女は、昌浩と物の怪、そして六合の順に視線を滑《すべ》らせた。よくよく見ればその瞳《ひとみ》は、まるで昼日中の猫《ねこ》のように細長い。

しばらく昌浩たちを凝視《ぎょうし》していた女は、やがて厳《おごそ》かに口を開いた。

「――――警告だ」

「なに？」

胡乱《うろん》な物の怪の視線がさらに険《けん》を帯びるが、女は淡々《たんたん》とした表情を崩《くず》さない。

「あの姫《ひめ》にかかわるな。お前たちはいらぬもの。ここから即刻《そっこく》立ち去るがよい」

思わず前に出て、昌浩は叫《さけ》んだ。

「どういう意味だ！」

「言葉のまま。鏡の力ももう尽《つ》きる」

鏡とは、温明殿の神鏡をさしているのか。

女は昌浩をひたと見据《みす》えた。

「時は、刻一刻と削《そ》がれている。早く立ち去れ」

「それは、どういうことだ。温明殿の鏡が、いったい……」

言い差して、昌浩ははっとした。まさか。

「この雨は、お前の仕業《しわざ》…⁉」

女は沈黙《ちんもく》をもって返す。昌浩たちは、それを肯定《こうてい》だと判断した。

そこに、騒《さわ》ぎを聞きつけた風音と太陰が飛び出してくる。

「どうしたの！」

ふたりは、正体不明の白い女を認めてはっと足を止めた。振《ふ》り返った昌浩が叫ぶ。

「姫宮様を！」

女に向き直り、昌浩は印を組んだ。

「オン、アビラウンキャン、シャラクタン！」

刀印を作り、霊力《れいりょく》を集中させる。

「オンキリキリバザラバジリ、ホラマンダマンダウンハッタ！」

真言が轟《とどろ》く。裂帛《れっぱく》の気合いとともに放たれた術を、しかし女は腕《うで》を無造作に払《はら》って跳《は》ね返した。

「こいつ…できる」

低く唸《うな》った物の怪の全身から闘気《とうき》が立ち昇《のぼ》る。

それを見た風音は素早《すばや》く周囲に視線を走らせた。脩子の対屋はちょうど敷地《しきち》の端《はし》に位置しているが、それでも騒ぎが大きくなれば、誰かが気づく。

「この声は神の声、この息は神の息、この手は神の御手《みて》」

「風音、何を…」

驚《おどろ》いた太陰の視線を感じながら、風音は刀印を組んだ右手を高く掲《かか》げて鋭《するど》く詠唱《えいしょう》した。

「降りましますは高天原《たかまがはら》の風、神々の息吹《いぶき》よ。現世《うつしよ》と幽世《かくりよ》を隔《へだ》て光の籬《まがき》と成せ――！」

詠唱が完成すると同時に、四方を囲う檻《おり》が一同を取り込んだ。

「これは…？」

思わず辺りを見回す昌浩の耳朶《じだ》を、風音の声が叩《たた》いた。

「結界よ。とかない限り、私たち以外の者はこの場に近づくことはできない」

そして、どれほど騒ぎ立てようとも、結界の外にそれは漏《も》れない。

「何があっても神の息吹がこの地を守るわ」

「それは…」

振り返った物の怪が問うた。

「ここで何をしても、現世に被害《ひがい》は出ないということか」

「そういう一面もあるわ」

「それは好都合」

薄《うす》く笑って、物の怪《もののけ》は瞬時《しゅんじ》に本性《ほんしょう》に戻《もど》った。

掲げた右手に炎蛇《えんじゃ》が召喚《しょうかん》される。

「女、お前が何者なのか、吐《は》いてもらうぞ」

真紅《しんく》の炎蛇が大きくうねる。白い女は気分を害した様子で目を細めると、紅蓮と同じように右手を掲げた。

周囲にできていた水溜《みずたま》りの水が震《ふる》えた。

「仕方がない」

女が呟《つぶや》いた瞬間、水面《みなも》から幾《いく》つもの影《かげ》が躍《おど》り出る。それは水の翼《つばさ》を持った獅子《しし》のようだった。

こんな生き物は見たことがない。

無数の獅子が昌浩と紅蓮に躍りかかってくる。

「裂破《れっぱ》！」

寸前に迫《せま》った獅子を術で粉砕《ふんさい》し、昌浩は視線を走らせた。その視界のすみを真紅の炎蛇がかすめる。のび上がってうねった炎蛇に獅子が喰《く》らいつく。じゅっと音がして水蒸気がもうもうと立ち昇った。

銀槍《ぎんそう》を出現させた六合が、飛びかかってきた獅子を真っ二つに叩き斬る。切断された獅子はざっと音を立てて飛沫《しぶき》となった。

その間に、女は素早く走って高欄《こうらん》を飛び越える。

「何者!?」

立ちはだかった風音の誰何《すいか》に、女は眉《まゆ》ひとつ動かさずに答えた。

「名を尋《たず》ねるならばまず己《おの》れから名乗るのが筋だ」

風音の双眸《そうぼう》が冷たくきらめく。

「得体のしれない輩に名乗る名はないわね」

と、女が口端《こうたん》を吊《つ》り上げた。

「奇遇《きぐう》だな、私もだ」

女の両手に雨粒《あまつぶ》が集まり、縦横無尽《むじん》に蠢《うごめ》く水柱《みずばしら》を形成した。

「姫宮をどうするつもり？」

身にまとった女房《にょうぼう》装束は重いはずだ。にもかかわらず、風音の放つ霊力の波が衣《ころも》をはためかせる。

その隣《となり》では太陰が、風の渦《うず》を手の先に集めて間合いを計《はか》っていた。

「答える義務もない」

さわりと、風音の黒髪《くろかみ》が大きく翻《ひるがえ》った。

「――百鬼破刃《ひゃっきはじん》！」

風音の放つ霊力が、無数の刃《やいば》となって放たれる。女は腕を交差させた。水柱がぶわりと広がり、水鏡《みずかがみ》にも似た盾《たて》を作り出す。

風の刃がそれをずたずたに切り裂いたが、女にはひとつも届かない。

「お前と争うつもりはない。そこをどけ」

構えをといた女は悠然《ゆうぜん》と手を広げ、笑った。

舌打ちをする風音の傍《かたわ》らから、眉を吊り上げた太陰が飛び出した。

「食《く》らえ――――っ！」

大きく振りかぶり、竜巻《たつまき》を叩きつける。ごうごうと唸りを上げて放たれた竜巻は、女の肢体《したい》を吹《ふ》き飛ばした。

「やった！」

目を輝《かがや》かせる太陰に、風音が叫ぶ。

「まだよ！」

中空で一回転した女が、着地と同時に床《ゆか》を蹴《け》った。瞬《まばた》きひとつで間合いに滑《すべ》り込まれた風音と太陰に、彼女は低く告げた。

「お前たち――人間ではないね」

はっと息を呑《の》む風音の横で、太陰が怒号《どごう》する。

「あんただってそうじゃないっ！　はあっ！」

太陰が渾身《こんしん》の力で放った風の鉾《ほこ》を、水柱が跳ね返す。飛沫を上げた水柱は、四散しながら女の姿を隠《かく》す。

視界から隠れたのはほんの一瞬《いっしゅん》だ。が、女はそのまま忽然《こつぜん》と消えた。

「どこに…！」

辺りを見回すが、それらしき影はどこにもない。

「――万魔《ばんま》、拱服《きょうふく》！」

風を裂くような詠唱とともに、群がっていた水の獅子が木っ端微塵《ぱみじん》になった。

炎《ほのお》の闘気が膨《ふく》れ上がり、残っていた獅子すべてを呑みこむ。もうもうと立ち込める水蒸気が視界を覆《おお》う。

静寂《せいじゃく》が戻った。

さあさあと降っている雨が、大気に残った不穏《ふおん》な気配を洗い落としていく。

激しさを増した雨の中で、ずぶ濡《ぬ》れになった昌浩と紅蓮、六合は、注意深く辺りを窺《うかが》った。

「……あの女は、いったい…」

水の獅子を放った女は風音と対峙《たいじ》していた。獅子に応戦しながらそれを認めていた一同は、風音と太陰を振り返る。

風音は黙然《もくぜん》と頭《かぶり》を振った。

女の出現も、消失も、昌浩たちは察知できなかった。

「異形《いぎょう》だが、いままでに見たのとは全然違《ちが》う」

拳《こぶし》を握《にぎ》り締《し》めて、昌浩が悔《くや》しげに唇《くちびる》を嚙《か》む。二度もとり逃《のが》してしまった。

女の放った水で、簀子《すのこ》は水浸《みずびた》しになってしまっている。

「あーあ。これ、乾《かわ》かしたほうがいいわよね」

努めて明るく振る舞《ま》う太陰に、それを察した風音は淡《あわ》く苦笑《くしょう》する。

「大丈夫《だいじょうぶ》よ。結界をとけば《ふ》、元に戻るから……」

そうして彼女は再び刀印を結び、目を閉じた。

「光の籬《まがき》、葉の一枚に至るまでこれすべて神の息吹なり……」

さあっと清浄《せいじょう》な風が吹き抜《ぬ》けた。

昌浩たちはさっきからずっと同じ場所に立っているが、風の吹く前と後とでは、別の地だったと意識が告げてくる。

風音の術は、昌浩の知っているものと似通っているが、まったく同じものではない。

本性から白い異形に転じた紅蓮は、昌浩の肩《かた》に飛び乗ろうとしてやめた。それをやると昌浩の肩が泥《どろ》で汚《よご》れる。

「おい、六合」

六合が無言で物の怪《もののけ》を顧《かえり》みる。物の怪は生真面目《きまじめ》に言った。

「あの女がまた出てこないとも限らない。お前はここに残れ。晴明には俺から言っておく」

「ああ。そうするつもりだった」

寡黙《かもく》な木将は、簀子の風音に目をやり、ひとつ頷《うなず》く。風音が目で応じると、六合の姿は闇《やみ》にとけた。

「昌浩、戻るぞ」

物の怪が昌浩を促《うなが》し、太陰を振《ふ》り返る。太陰はびくっと肩を震わせた。物の怪はそれに気づいたが、特に何も言わず、顎《あご》をしゃくった。

「気をつけて。晴明殿《どの》には、あとでまたご挨拶《あいさつ》に伺《うかが》うから……」

装束の裾《すそ》が濡れないように、雨の当たらない位置まで下がり、風音はふと視線を滑《すべ》らせた。

「誰かくるわ、隠れて」

昌浩は慌《あわ》てて簀子の下にもぐりこむ。物の怪も同様だ。そうしてから物の怪は、別に自分は隠れる必要はないのだと思い出し、耳の辺りをかりかりと掻《か》いた。

物の怪と同じように本来隠れる必要はない太陰も、開いていた妻戸の陰《かげ》に反射的に滑り込んだ。

風音がいままさに妻戸から出てきたようなふりをして閉めたとき、柱の陰から女房がふたり姿を見せた。

「何か物音がしたようだけど……」

雨から装束の裾を守るようにして進んできた女房は、風音を見て怪訝《けげん》そうな顔をした。

「あら、あなた……」

風音を見た瞬間《しゅんかん》、何かを思い出しかけたらしい。女房は盛んに瞬《まばた》きをしている。風音はしおらしく答えた。

「ずっと宿下がりをしておりました。申し訳ございません」

「ああ、そうだったの……」

春頃《ごろ》まで参内していた、脩子のお気に入りだった娘《むすめ》だと思い出し、女房は笑顔《えがお》になった。

「姫宮様も喜ばれるわね。どこか、体の具合でも？」

「ええ、少し患《わずら》いを…。でも、お休みをいただいたおかげで、もうすっかりと」

女房に合わせて笑みを作った風音は、いまひとりの女房がじっと自分を見つめていることに気がついた。

その視線がいやに冷たい気がして、笑顔の下で風音は訝《いぶか》った。

先輩《せんぱい》格の女房は、いまひとりを振り返りながら言った。

「そうそう、この者も、あなたのように姫宮《ひめみや》様のお気に入りなのですよ。あなたが宿下がりをしていた間に、参内《さんだい》されたのです」

水を向けられた女房が会釈《えしゃく》をする。同じように返しながら、風音は静かに言った。

「そうですか…。これからよろしくお願いします」

「こちらこそ。……失礼ですが、なんとお呼びすればよいのでしょう？」

内裏《だいり》では、本名ではなく通り名を使うことが多い。

「ああ、この方は…あら、なんといったかしら、ごめんなさいね」

先輩格が伝えようとして、思い出せずに困惑《こんわく》する。当然だ。内裏を去ったとき、風音のことはすべて忘れてしまうよう、術を仕《し》掛《か》けておいたのだから。

少し考えて、風音は口を開いた。

「雲居《くもい》、ですわ。出雲《いずも》の出ですので」

「ああ…そうだったわ、雲居。こちらの方は…」

視線を向けられた女房《にょうぼう》は、ひやりとした目で風音を見据《みす》えて、微笑《ほほえ》んだ。

「わたくし、阿曇と申します」

風音の脳裏に警鐘《けいしょう》が響《ひび》く。

この女、得体がしれない。

「姫宮様のこと、よくご存じでいらっしゃいますのね。わたくしはまだ参内して日が浅いので、色々と教えていただきたいわ」

親しげに振る舞う阿曇に、風音も朗《ほが》らかに返した。

「こちらこそ。最近の姫宮様のこと、ぜひお聞かせくださいな」

——そのやりとりを、太陰は妻戸の陰で聞いていた。

「風音、よくやるわ…」

ふいに、几帳《きちょう》が動いた気がした。

目をやった太陰は、帳《とばり》から顔を覗《のぞ》かせている脩子と目があった。

「あ……」

視線が動かず、太陰に据《す》えられている。ということは、見えているのだ。

太陰はいま顕現《けんげん》しているが、徒人《ただびと》の目には映らない程度の神気しか込めていないのである。

さすが天照の血を引く皇女。神将が視えるとは、相当の見鬼だ。

さてどうしよう。

黙《だま》ったまま冷や汗《あせ》を浮《う》かべている太陰の前までやってきた脩子は、目をしばたたかせて首を傾《かたむ》けた。

◆　◆　◆

翌朝、晴明は再び帝《みかど》の召請《しょうせい》を受けた。

「昨日の今日で、何ごとじゃ？」

不審《ふしん》に思いながらも準備を整えていると、昨日と同じように藤原行成が迎《むか》えの使者として姿を見せた。

「連日のお召《め》しとは、珍《めずら》しいこともあるものですのぅ」

晴明の言葉に行成も苦笑した。

「はい。参内して帝に諸々《もろもろ》の奏上をという矢先に、迎えの任を拝命したので、驚《おど》きました」

鴨川《かもがわ》の堤《つつみ》に関してや内裏再建の遅《おく》れについての、政《まつりごと》に関する様々な報告。そういったものを慣習に従って述べようとしたとき、帝にそれを阻《はば》まれた。

『すまぬが、晴明に頼《たの》みができた。行成、その迎えとして、安倍家に赴《おもむ》いてはくれないか』

御簾《みす》の向こうから聞こえた声は、いささか力のない様子だった。

帝自身は依頼《いらい》の形で告げ、その意思もできたら、というものであっただろう。

しかし、帝の言葉は勅命《ちょくめい》である。

退けることは許されない。

居並ぶ上達部《かんだちめ》たちも、帝の言に異は唱えられず。結果行成は、急遽《きゅうきょ》安倍邸《てい》に使いを差し向け、時を置いて自ら迎えにやってきた。

「主上《おかみ》のお声が、妙《みょう》に覇気《はき》がないと申しますか…、弱々しく思えたのが気になります」

そういって、瞬きをした行成は嘆息《たんそく》した。晴明がそれを認める。

「どうされましたか、行成殿」

「いや…」

頭《かぶり》を振りかけて、しかし行成は苦笑した。この老人に隠《かく》し事などしても仕方がない。何も言わなくとも千里を見通す。それが稀代《きたい》の陰陽師《おんみょうじ》と呼ばれる所以《ゆえん》だ。

「実は、昨日姫宮様に、たまさかお会い申し上げたのですが……」

妙に青い顔をしていて、生気が失せていた。

行成は脩子と何度か顔を合わせたことがあるが、幼い皇女はいつも血色のよい頬《ほお》ときらきらと透《す》き通った瞳《ひとみ》をしていた。幼いながらも母である定子を常に気遣《きづか》い、病床《びょうしょう》にあまり近づかないようにしている姿が痛々しくもあった。

「後ろ盾《だて》をなくされた皇后《こうごう》様のお立場は、どうしても弱いものです。主上も、親王《しんのう》がお生まれになられたときはそちらに目が行かれていましたが、姫宮様へのお心は格別のもの。その姫宮様があのように元気のないご様子では、主上も気落ちなさるのではないかと……」

ただでさえ、一番寵《ちょう》の深い定子の体調が良くないのである。その上脩子までがということになったら、帝の心痛は増す一方だろう。

「晴明殿、もしよろしければ、姫宮様のご様子を見ていただけませんか」

行成の頼みに、晴明は快く頷いた。

「この晴明がお役に立つのでしたら、いくらでも」

行成が安堵《あんど》の色を見せると、随従《ずいじゅう》の声が、もうじきですと告げてきた。

雨が降っている。

空を見上げて、彰子は小さくため息をついた。

昌浩は今日も朝早くに出仕《しゅっし》して行った。昨夜の帰りは比較的《ひかくてき》早かったので、充分《じゅうぶん》に休息は取ったはずだ。

出かける間際《まぎわ》に交《か》わした会話は、いつものように他愛のないものだった。

この安倍邸に世話になってから、昌浩を見送るのはいつの間にか彰子の役目になっていた。誰に言われるでもなく見送りに出るようになって、それが慣例化している。

彼がいないときは、その限りではないのだが。

掃除《そうじ》も炊事《すいじ》も済んでしまった。晴明は帝の召請で出かけており、露樹は市に買い物に出ている。彰子が行くと言ったのだが、風邪《かぜ》でも引いたら大変だからとやんわり断られた。

「露樹様だって、お風邪を召されたら大変なのに……」

ずっと体調を崩《くず》して臥《ふ》せっていたから、それを案じてくれているのだろう。だが、彰子の体は本当にもう大丈夫《だいじょうぶ》で、雨の中を出かけたくらいでどうこうなることはないと思うのだ。

安倍邸にいれば、昌浩や晴明、吉昌といった陰陽師たちが近くにいてくれれば、彰子の中の呪詛《じゅそ》が暴れだすことはない。呪詛を取り除くことはできないが、抑《おさ》え込んでしまうことはできる。日常生活を送ることに、なんら問題はない。

昌浩の横顔を思い出す。最近、どうしてか、昌浩の横顔ばかりが思い出される。

自分をまっすぐに見る面差《おもざ》しではなくて、大きくて重いものを抱《かか》えて耐《た》えているような横顔が。いつもちゃんと自分を見て、笑ってくれるのだが。

最近の昌浩の表情は、どこかがぎこちない。ふとした折に見える面持ちには、暗い翳《かげ》がにじんでいる。

戻《もど》ってきた勾陣に聞いてもらえたので、少しは胸のつかえが取れたようだ。しかし、根本の解決になってはいないことも、彼女はわかっていた。

再び息をついたとき、軽快な呼び声がした。

「お——ひ——め——っ」

「お——ひ——め——っ」

「お——ひ——め——っ」

彰子は目を輝《かがや》かせた。

「あら……」

久しぶりだ。目をやると、塀《へい》の向こうに雑鬼《ざっき》たちがぴょんぴょんとはねている。

「お姫《ひめ》――――、な――――」

「ちょ――――っと手ぇ貸してくれ――――」

はたはたと手を振《ふ》っている猿鬼《えんき》の言葉に、彰子は首を傾けた。

「え？」

手を貸してくれ、とは。どうしたのだろう。

雨をよける衣《ころも》を被《かず》き、門から回って雑鬼たちの許《もと》に向かう。

途中《とちゆう》で彼女とすれ違《ちが》った勾陣が、隠形《おんぎよう》して黙って後をついてくるのがわかったが、咎《とが》めないということは構わないということだろう。

勾陣がいれば、危険のあろうはずもない。

駆《か》けつけた彰子は、三匹《びき》の雑鬼たちが囲んでいる黒い塊《かたまり》を見て、目を丸くした。

「まあ……」

一《ひと》つ鬼《き》が心配そうにしながら口を開く。

「こいつ、なんとかしてくれよ」

「へろへろへろ〜って飛んできてさぁ、水溜《みずたま》りに落っこちたまま動かなくなっちまったんだ」

「あ、でもな。つついたら動くし、ちゃんと生きてはいるんだぜ」

猿鬼がちょいちょいとつついてやると、黒い翼《つばさ》がぴくりと動き、小さなうめき声がした。

「なぁお姫、可哀想《かわいそう》だから、なんとかしてやっておくれ」

頼み込んでくる一つ鬼に、彰子は困惑《こんわく》した風情《ふぜい》で辺りを見回した。

「ええと、どうしよう……」

勝手に邸《やしき》に連れ帰ってしまっていいものだろうか。いま安倍邸には彰子しかいないのだ。

すると、ずっと隠形していた勾陣が彰子の横に顕現した。

「邸に入れても問題はない」

彰子は勾陣を見上げた。

「本当？」

「ああ」

頷《うなず》いて、勾陣は膝《ひざ》を折り手をのばした。

「というよりも、邸に入れたほうがいい。でないと後々大騒《おおさわ》ぎをされそうだ」

「え……？」

意味のわからない彰子が怪訝《けげん》そうにしている前で、勾陣はずぶ濡《ぬ》れの鴉《からす》を抱《だ》き上げた。

手のひらのぬくもりを感じた鴉が、瞼《まぶた》を上げて勾陣を認める。

『……おお…十二…神将…』

鴉が人語を発したことに、彰子も雑鬼たちも驚いた。

「しゃべった!?」

「鴉がいましゃべったぞ!?」

「ってことは、俺たちの同類か！」

口々に言い募《つの》って勾陣の手を覗《のぞ》き込もうとする雑鬼たちに、彼女は苦笑《くしょう》を向けた。

「同類なぞとは言うな。これの矜持《きょうじ》は山より高い」

立ち上がって彰子を振り返り、勾陣は言った。

「とりあえず、邸の中へ」

「あの、勾陣。その鴉は……」

「これか」

手の中でぐったりとしている鴉を一瞥《いちべつ》し、勾陣は短く答えた。

「強《し》いて言うなら、六合の天敵だ」

ますます不思議そうな顔をする彰子の背を軽く叩《たた》き、雑鬼たちを顧《かえり》みる。

「お前たちは戻れ。まだ夜までだいぶ時間があるぞ」

雑鬼たちはふくれ面《づら》になった。

「なんだよなんだよ、体《てい》よく追っ払《ぱら》うつもりかよ」

「いーいじゃないかよぅ。そいつだって俺たちが連れてきてやったんだぜ」

「お姫に会うのも久しぶりなんだ、ちょっとくらい遊ばせてくれよ」

足元でやいのやいのと文句を言われ、勾陣は嘆息《たんそく》する。彰子を見ると、苦笑いで頷いた。

「……仕方がない。ついて来い」

歩き出した勾陣は、背後であがった雑鬼たちの歓声《かんせい》に、半ば呆《あき》れて息をついた。

今内裏《いまだいり》の寝殿《しんでん》で、昨日と同じ顔ぶれの中、晴明は円座についていた。しばらくそうしていると、いまひとり、女房《にょうぼう》に誘《いざな》われて現れ、晴明の隣《となり》に腰《こし》を下ろす。初めて見る顔だ。見た目の印象としては、孫の成親とほぼ同年程度だろうか。晴明とても大内裏に出仕する貴族すべての顔を見知っているわけではない。どこぞの子息かもしれないと思いはしたが、それにしては座の空気が硬《かた》いのだ。

晴明をここへ連れてきた行成も、今日の用件は知らされていないようだった。大中臣春清も、行成と同じ顔をしている。

道長の面持ちは硬かった。先ほどからひとことも発することなく、沈黙《ちんもく》している。一番気になるのは御簾《みす》の向こうに座している若者だ。漂《ただよ》わせている空気が、それはもう重苦しいのである。悲痛な波動とでも言おうか。それが座を重くしている最たる原因のようだった。

「――――皆《みな》、揃《そろ》ったな」

口を切ったのは左大臣道長だった。全員の背筋がぴんとのびる。

「それなるは伊勢国斎宮寮《いせのくにさいぐうりょう》の任官、磯部守直という」

守直が平伏《へいふく》する。

御簾の向こうから声が響《ひび》いた。

「守直よ。昨日私にした話を、すべて再びこの場にいるものに聞かせよ」

守直は顔を上げ、一同を見渡《みわた》した。

「……そこの、春清殿《どの》が伊勢を発《た》たれてから程《ほど》なくして、斎宮の容体《ようだい》が悪化いたしました」

「なに⁉」

蒼白《そうはく》になった春清が腰を浮《う》かした。

連日高熱にうなされて、薬師《くすし》がどれほど手を尽《つ》くしても回復の兆《きざ》しがない。そこで卜部《うらべ》が神意を問うた。

斎宮は、神宮における神事の要といっていい。その斎宮が病に倒《たお》れるとは、どのような啓示《けいじ》なのか、と。

「いくら占《せん》じても、はっきりとした結果が現れず、いたずらに時間だけが流れたのです。そんな折……」

雨続きの未明、女官の悲鳴が聞こえた。次いで、嵐《あらし》のような風が吹《ふ》き荒《あ》れたのである。

斎宮の寝所《しんじょ》は男子禁制だ。官僚《かんりょう》たちは誰一人入れない。

「何が起こったのかと、我々は次の間に控《ひか》え、命婦《みょうぶ》を宮の許《もと》へ向かわせたところ、天勅《てんちょく》がくだったのです」

誰もが息を呑《の》んだ。

大中臣春清が声を上げる。

「それはまことか!?」

「嘘偽《うそいつわ》りを申し上げる必要が、ありましょうか」

守直に言い返されて、春清はがくりと肩《かた》を落とした。

「宮…そのようなことに……」

春清が伊勢を出立《しゅったつ》したときから、確かに斎宮恭子女王は病臥《びょうが》していた。だが、そのような事態に陥《おちい》っているとは、想像もしなかった。

「春清殿、落ち着かれよ」

自身も青ざめた行成がいさめると、春清は自失から立ち直った。

守直は淡々《たんたん》とつづける。

「命婦によれば、宮のお体を借り、皇大御神《すめおおみかみ》が神威《しんい》を示されたとの由《よし》にございます」

曰《いわ》く。

この雨は、我が意にそまぬものである。天意に逆らうものがある。陽《ひ》の光をこの国に注ぐため、依代《よりしろ》をこれへ持て。

恭子女王はそのままくずおれ、意識不明であるという。

「その意をさらに深く読むため、亀卜《きぼく》を行いましたところ、依代とは依童《よりわら》であり、天照坐皇大《あまてらしますすめおお》御神《みかみ》の神威の器《うつわ》であるとの由」

御簾の向こうで、脇息《きょうそく》にもたれた帝《みかど》がうなだれている。

晴明は愕然《がくぜん》とした。まさか。

うつむいて、守直は晴明の予測と同じ言葉を口にした。

「姫宮《ひめみや》様を神宮へ、お連れせねばなりません」

重苦しい沈黙が降った。

天照大御神が、内親王《ないしんのう》脩子を呼んでいるのだ。雨を止めるために、依童が必要であると。

まだたった五つの、母を求める幼い少女を。

誰もが口を閉《と》ざす中、守直の抑揚《よくよう》のない声だけが響く。

「いつお戻《もど》りになれるかも、……戻れるかどうかすらも、我らには皆目《かいもく》見当がつきません。ですが、この長雨を止めるには、皇大御神のご神意に従うほかないのです」

晴明は、御簾の向こうを窺《うかが》った。

帝は脩子をそれはそれは大切にしている。目に入れても痛くないほど愛《いと》しい我が子だ。まだ幼く、その成長をどれほど楽しみにしているか。

敦康が生まれたとき、帝は大層喜んだ。そのために、親を取られたと思った脩子は、智鋪《ちしき》の宗主《そうしゅ》に利用されてしまった。しかし、帝も定子も、脩子のことをかけがえのない存在だと思っている。

年若い帝の心情を思うと、晴明まで胸が詰《つ》まるようだった。

行成も同じだった。彼にも幼い子どもがいる。その子たちを手放さなければならなくなったらと思うと、胸が張り裂《さ》けるようだった。

「斎宮の天勅は、寮《りょう》の中でも限られた者しか知りません。天意に逆らうものと、神は仰《おお》せになられた。どこにそれがひそんでいるのかわからぬ以上、公《おおやけ》にすることはできぬと……」

斎宮の体を借りた神の託宣《たくせん》を聞いた命婦は、近くにいたものすべてに口止めをした。

そして、頭《かみ》との長い話し合いの末、守直を都につかわしたのである。

帝はこの国において至高の位についている。何人《なんびと》たりとも、帝に下知《げじ》などできはしない。

しかし、その上に君臨するものがある。この国を創世したという神々だ。

豊葦原瑞穂国《とよあしはらのみずほのくに》には八百万《やおよろず》の神がいる。それらの神には、帝といえども従わなければならないのである。

重く深い息をつき、道長が口を開いた。

「……晴明。早々に出立の日取りを占じ、報告を」

「は……」

御簾《みすご》越しにそれを見ていた帝は、ふとした風情《ふぜい》で呟《つぶや》いた。

「……そうだ……」

それはとても小さなものだったが、静かな寝殿内にはやけに大きく響いた。

五対の目が御簾に集まる。御簾の向こうに座した青年は、身を乗り出して言った。

「晴明、確かそなた、伊勢に赴《おもむ》くことになっていたな」

晴明は瞬《まばた》きをした。

「は……。赴くか否《いな》かは、まだ決まってはおりませぬが……」

神宮《じんぐう》祭主大中臣永頼の病魔《びょうま》を退けてほしいと、確かに乞《こ》われはした。しかし、病魔退散平癒《へいゆ》の術だけだったら、別に都で行っても構わないはずである。

伊勢に赴いたことはあるので、道程や距離《きょり》は知っている。若い頃《ころ》ならともかく、この年になって旅するのは、少々荷が重い。神将の風で往復するならば話は別だが、果たしてそれが許されるだろうか。何しろ相手はお堅《かた》い神祇官の人間だ。

「いや、ぜひおいでいただきたい。その目で大副《たいふ》のご容体を確認《かくにん》されてからのほうがよろしいかと」

春清が横から口を出してきたので、晴明は低く唸《うな》った。彼の気持ちもわからないではないが、晴明の年をもう少し配慮《はいりょ》してほしいものだ。

一応元気だが。殺されても死なないくらいには元気だし、寿命《じゅみょう》も天命まで安泰《あんたい》ではあるのだが、それとこれとは話が別だ。

渋面《じゅうめん》を作っている晴明に、見かねた行成が助け船を出した。

「主上《おかみ》、晴明殿《どの》とてご高齢《こうれい》の身。伊勢への旅路はいささか荷が重いのではないかと存じます」

「ならば、輿《こし》をつかわそう。晴明は輿で行けばよい。姫宮と同じく輿であれば、長旅でも疲《つか》れることはないだろう」

「は、はあ……」

娘《むすめ》を案じる帝はどこまでも食い下がる。

「頼む、晴明。伊勢へ、神宮へ、そなたも参ってくれ」

「………」

帝の頼みは、絶対に退けられない勅命である。

ぐうの音も出なくなってしまった晴明は、観念して平伏《へいふく》した。

「では、仰せに従いましょう」

御簾越しにそれを聞いた帝は、本当に安堵《あんど》した風情で息をついた。そうして、扇《おうぎ》で手のひらをぽんと叩《たた》いた。

「そういえば、晴明」

「は…？」

顔を上げた老人に、帝は少し考えながら告げた。

「昨年の冬に、確か遠縁《とおえん》の姫を引き取ったと聞いたが…年の頃はいかばかりだったろうか」

道長と晴明は同時にぎくりとする。

老人は、表面上は平然と応じた。

「は。亡《な》き我が妻の遠縁の姫で、十三を数えます」

ここで青くなった道長が口を開いた。

「主上、よもやその姫を所望《しょもう》するなどと仰せられるのではありますまいな」

行成は目を見開いた。そうか。中宮と同い年なのだから、そういう可能性もあるのだ。しかし、それは左大臣が決して許さないだろう。

帝は閉じた扇を手のひらに置いた。

「まさか。そのようなことは微塵《みじん》も考えておらぬ」

帝の意図が摑めない一同は、怪訝《けげん》に御簾《みす》を眺《なが》めやる。

青年は両手で扇を握《にぎ》り、身を乗り出した。

「そうではないのだ。……考えてみると、脩子には年の近しい女童《めのわらわ》のひとりもおらぬのだ」

内裏《だいり》には女房《にょうぼう》は多いが、年の近い友人と呼べるような子どもはいない。脩子もまた大人《おとな》たちに囲まれて育っている。

「懐《なつ》かしい都を離《はな》れ、遠い伊勢の神宮にひとり送り出すのは不憫《ふびん》でならぬ。せめて、近しい年の姫がおればと、思ってな」

帝の言葉を聞くにつれて、道長と晴明の心臓がすうっと冷えた。

まさか。

青を通り越して白くなっていく道長の横顔を視界のすみで捉《とら》えながら、晴明は恐《おそ》る恐る尋《たず》ねた。

「主上……不躾《ぶしつけ》にお伺《うかが》いいたしますが、当家に預かる姫を、いかにせよと……」

うんと頷《うなず》いて、帝《みかど》は明るく答えた。

「差し支《つか》えなければ、伊勢に向かう脩子の供に望みたい」

それに、陰陽師《おんみょうじ》安倍晴明の邸《やしき》に住んでいるならば、多少の変事があったとしても、ほかの姫よりは心丈夫《こころじょうぶ》なのではないかと思ってな。

「神の託宣から始まったのだ、何が起こっても不思議はない。晴明がともにあれば、その姫とて心細くはないだろう。私も、晴明とその姫が供についてくれるなら、安心して脩子を送り出すことができる」

晴明は、心臓を氷の手で握られたような錯覚《さっかく》に捕われた。

◆　◆　◆

雨に煙《けむ》る海を見はるかし、少女は低く呟いた。

「動いたな……」

彼女の傍《かたわ》らに膝《ひざ》をついた益荒が、こうべを上げる。

波間を見据《みす》えた斎の背を、青年は黙《もく》したまま見つめた。

「……益荒、何が言いたい」

青年は眉《まゆ》をひそめた。

「………」

「許す、聞かせろ」

促《うなが》された益荒は、言葉を選びながら口を切った。

「……斎様が手を下されることはないのです。どうか……」

振《ふ》り返らずに、少女はゆっくりと頭《かぶり》を振った。

「いいのだ」

「しかし」

斎はおもむろに振り返った。

感情の抜《ぬ》け落ちたような、静かな瞳《ひとみ》が青年に据《す》えられる。

「なぁ、益荒。お前は知っているだろう。この命こそが罪だ」

凛《りん》とした瞳に、ほんの一瞬《いっしゅん》だけ別の色が混じった。しかしそれは本当に一瞬で、瞬きをした
あとには欠片《かけら》も残っていない。

「ならば……、ひとつふたつ増えたとて、いまさら何も変わるまい」

◆　◆　◆

雨が降っている。

それを打ち消すほどに強い鼓動《こどう》の音が、早鐘《はやがね》となって晴明の耳朶《じだ》を叩いている。

あまりのことに硬直《こうちょく》している老人に、帝は静かに言い添《そ》えた。

「そなたの預かる姫を、脩子の供に」

晴明は視線だけを動かした。愕然《がくぜん》とした道長の横顔。

無理だ。こうなってしまった以上、否《いな》やとは言えない。

「頼む。たっての願いだ、晴明」

帝の頼みは、絶対に退けられない勅命《ちょくめい》だ。

あとがき

少年陰陽師第二十一巻をお届けです。

窮奇《きゅうき》編、風音《かざね》編、天狐《てんこ》編、珂神《かがみ》編とつづいてきました少年陰陽師。

第五章は、「玉依《たまより》」編となります。


お久しぶりです、こんにちは。皆様《みなさま》いかがお過ごしでしょうか、結城光流でございます。

さて、まずは恒例《こうれい》のキャラクターランキングをば。

一位、安倍昌浩。相変わらずぶっちぎり。

二位、物の怪のもっくん。健闘《けんとう》するものの、昌浩にどうしても及《およ》ばない。

三位、紅蓮。十二神将火将騰蛇、物の怪のもっくんに勝てません。

三位、勾陣。四闘将紅一点。今回は紅蓮と同率三位。

以下、六合、玄武、青龍、風音、太裳、比古《ひこ》、太陰、真鉄《まがね》、結城、成親、一つ鬼、凌壽《りょうじゅ》、若菜、天一、あさぎさん、巽二郎《そんじろう》、彰子、汐《しお》、とっしー、雑鬼となります。

前巻「思いやれども〜」効果か、玄武が怒濤《どとう》のように追い上げてきたのですが、上位五名は手堅《てがた》く票が集まってくるので、いま一歩及ばず。

珂神編を最後まで読んで真鉄が好きになりました、という声も多かった。比古の再登場も要望多数ですが、はてさて。まぁ、比古とたゆらは生きていますので、機会があったら出てくるのではないでしょうか。

巽二郎と汐、好きだといってもらえて本当に良かったです。彼らの再登場もあるかもなので、気長にお待ちください。

そして今回、新登場のキャラが何人もいます。再登場も何人もいます。特にあの方は、シルエットながらイラストにも登場。今後もちょくちょく出てくるはずなので、ファンの皆様ご期待ください。相変わらずの傲岸不遜《ごうがんふそん》ぶりは書いていてとっても面白《おもしろ》いけど、ちょっとだけ大変です。何しろ誰《だれ》も奴《やつ》を止められない……。


この玉依編を書くにあたり、伊勢《いせ》や出雲《いずも》に取材に行ってまいりました。

伊勢では神宮《じんぐう》やいつきのみや歴史体験館などに行きました。

体験コーナーで浅沓《あさぐつ》を発見。木製で、甲《こう》あての綿以外は全部硬い沓。

昌浩がいつも履《は》いているあれです。平安装束《しょうぞく》で浅沓を履いて蹴鞠《けまり》をしている映像がたまにニュースで流れますが、昌浩はいつもこれで都を駆《か》け回っています。

……本当に走れるのか？

確かめたくなるのが作家の性《さが》。同行の担当N川・H部両女史が別の場所に移動し、誰もいなくなった隙《すき》にレッツチャレンジ。

最初は、お、行けるか？　と思ったのですが、何歩か走るうちに沓がずれ、沓のかかとの部分に土踏《つちふ》まずを思い切り打ち落としました。激痛、声も出ない。うずくまって痛みの波をやり過ごし、「ゆーきさーん？」と呼ぶ声を聞いて、足を軽く引きずりながら担当たちの許《もと》へ。あとで確認《かくにん》したら、見事に内出血してました。あの痛みはさもあろう。

昌浩はすごいなぁ、あれで全力疾走《しっそう》できるなんて（少年陰陽師はあくまでも平安『ファンタジー』ですので、良い子は絶対に真似《まね》しないでください）。

それとはまた別に、誘《さそ》いを受けて、人生初の体験をしてまいりました。

何をしたかというと、滝行《たきぎょう》。男性はふんどし一枚で打たれるという、あれです。

時は十一月。場所は某《ぼう》山奥、時刻は夜明け前。気温は10℃を切り、身を切るような風が吹《ふ》く。この秋一番の寒さの中、滝に到着《とうちゃく》。そして、行衣一枚でいざ滝の中へ。

冷たい水に打たれているうちに、自分の中に何もなくなって、だんだん水の冷たさを感じなくなり、水音も何もかも消えていきました。あれを無心というのかもしれません。

ちなみに、誘われたんで滝行やってきますと伝えたところ、N川さんは深刻そうに言いました。

「お願いですから心臓麻痺《まひ》を起こしたりしないでくださいね」

だいじょぶでしょう、と軽く返したのですが、誘ってくださった方からも滝行直前「へたすると心臓麻痺を起こしますから、気合を入れてくださいね」と、注意を促《うなが》されました。

冬の滝行は、冗談抜《じょうだんぬ》きで命懸《いのちが》けなのでした。良かった、無事に終わって。風邪《かぜ》も引かず、元気に帰ってこられて。実に貴重な体験をしました。

あとになって考えたら結構命懸けだった、なんてこともありますが、やってみて無駄《むだ》なことは何もないと思うので、これからも機会があったら様々なことをやってみようと思います。

そうそう。こちらの玉依編開始と同時に、発売されたばかりの雑誌「The Beans」で「過ぎ去りし日々の晴明と岦斎《りゅうさい》」編がスタートしました。車之輔の一人称《いちにんしょう》によるショートストーリーも掲載《けいさい》されております。

さて、新章開始となりました少年陰陽師。いかがだったでしょうか。

ぜひ感想を聞かせてください。キャラクターランキングへの投票もお待ちしております。たまに「本当に読んでくれてますか？」と書かれる方がいますが、全部ちゃんと読んでいますのでご安心ください。励《はげ》みにさせてもらっています。

ではでは、また次の本でお会いしましょう。

結城光流

結城光流公式サイト「狭霧殿」　http://www5e.biglobe.ne.jp/~sagiri/

「少年陰陽師　数多のおそれをぬぐい去れ」の感想をお寄せください。
おたよりのあて先
〒102-8078　東京都千代田区富士見1-8-19
株式会社KADOKAWA　角川ビーンズ文庫編集部気付
「結城光流」先生・「あさぎ桜」先生
また、編集部へのご意見ご希望は、同じ住所で「ビーンズ文庫編集部」
までお寄せください。

少年陰陽師《しょうねんおんみょうじ》
数多《あまた》のおそれをぬぐい去《さ》れ
結城光流《ゆうきみつる》

角川ビーンズ文庫　BB16-27　15015

平成20年2月1日　初版発行
平成27年4月20日　9版発行

発行者――――堀内大示
発行所――――株式会社KADOKAWA
東京都千代田区富士見2-13-3
電話(03)3238-8521(営業)
〒102-8177
http://www.kadokawa.co.jp/
編　集――――角川書店
東京都千代田区富士見1-8-19
電話(03)3238-8506(編集部)
〒102-8078
印刷所――――暁印刷　製本所―――BBC
装幀者――――micro fish

ISBN978-4-04-441629-4 C0193 定価はカバーに明記してあります。

結城光流
イラスト／四位広猫
篁《たかむら》破《は》幻《げん》草《ぞう》子《し》
❶ あだし野に眠るもの
❷ ちはやぶる神のめざめの
❸ 宿命よりもなお深く
❹ 六道の辻に鬼の哭《な》く
❺ めぐる時、夢幻の如く
京の妖異を退治する美しき“冥官”
その名は小野篁!!
昼は貴族達の憧れの君、夜は閻羅王直属の冥府の役人——
ふたつの顔を待つ篁が、幼馴染の融と共に大活躍する、平安伝奇絵巻！
●角川ビーンズ文庫●